狸《まみ》穴《あな》あいあい坂

諸田玲子

集英社文庫

目次

本文イラスト　村上豊

狸穴《まみあな》あいあい坂

ムジナのしっぽ

一

江戸城の南、広大な増上寺の西方に位置する麻布《あざぶ》は、坂が多い。

いや、多いなんてものではない。鳥居坂、長坂、芋洗《いもあらい》坂、南部坂、くらやみ坂、一本松坂、新坂、仙台坂、大黒坂……どこもかしこも坂だらけだ。

高く低く、ひだのように連なる一帯には、陽光あふれる台地も謎めいた暗がりもあって、谷間をわたる風さえ秘密めかしいときめきを運んでくる。

結寿《ゆず》は、狸穴《まみあな》坂のてっぺんで足を止め、新春の風を吸い込んだ。

飯倉《いいぐら》町の大通りを竜土《りゅうど》町から六本木町、飯倉片町と来て、榎《えのき》坂へ出る手前を右へ折れればこの坂である。道幅は狭いところで荷車がかろうじてすれちがえるほど。といっても勾配《こうばい》はきつく、荷車を引き上げるには後押しが要る。

ここからの眺めが、結寿はなにより気に入っていた。

「ほら、まるで洗い立てみたいだわ」

新年を迎えたからといって見慣れた景色が変わるわけではないけれど、眺める者の心が華やいでいるせいだろう、台地に連なる武家屋敷も、谷間の家々も、寺社の甍《いらか》も雑木林も、冬枯れの草原までがきらめいている。

「洗ってもらいてェもんでさね。そろそろおしめりがほしいとこでございますよ」

小者の百介《ももすけ》は首をすくめた。

「おしめりがなけりゃ、またぞろ火事が増える。お救い米やらなにやら、いまだ騒ぎが鎮まらねえ。おととしみてェな大火にそうそうやられちゃあ、若旦那《わかだんな》さまも息つく暇がございませんや」

「そうじゃないの、わたくしが言ったのは……いいわ、行きましょ」

口から先に生まれた百介としゃべっていては遅くなる。祖父の溝口幸左衛門《みぞぐちこうざえもん》は気むずかしやで、結寿の外出に不服そうな顔をしていた。今頃は気のいい大家でもつかまえて、八つ当たりをしているにちがいない。

結寿は先に立って坂を下りはじめた。

いでたちは納戸色《なんどいろ》の結城縮《ゆうきちぢみ》に黒繻子《くろじゅす》の帯。正月の晴れ着には地味すぎるが、それがかえって色白の楚々《そそ》とした娘を引き立てている。髪は小ぶりの島田、ふっくらした唇にさした紅がほんのり上気した頰《ほお》と相まって、十七の娘は匂《にお》うようなあでやかさである。

一方、あとに従う百介は、滑稽《こっけい》なほどめかしこんでいた。どこの古着屋で見つけてきたのか、奴小袖《やっここそで》は半四郎鹿子《はんしろうかのこ》、裁着袴《たつつけばかま》は高麗屋縞《こうらいやじま》と芝居の模様づくし、紅白の段染《だんぞめ》畳《たたみ》帯《おび》をしめ、四角い帽子をかぶっている。帽子は濃紫《こむらさき》の布地でつくったもの、腕に抱えた重箱を包む風呂敷も派手な濃紫で……。

数年前まで、百介は幇間《ほうかん》だった。幇間は太鼓持ちともいって、宴席に呼ばれて面白おかしく客を笑わせて銭をもらう。幇間がなぜ武家の隠居の、しかも偏屈な幸左衛門の小者になったのか。それはともかく、なにごとも柳に風と受け流す百介は、今や幸左衛門にとってかけがえのない相棒である。

どっちもどっち、いい勝負だわ――。

いずれの変人ぶりにも、結寿はもう慣れっこだった。

溝口家は代々、御先手《おさきて》組に属している。御先手組とは弓や鉄砲で将軍をお守りするお役である。いざ戦《いくさ》、となれば勇ましく先陣を飾る花形だが、江戸開府以来、二百年余が過ぎた今、戦などどこにもない。有名無実のお役目だった。

そのせいか……どうか、組頭は火付盗賊《ひつけとうぞく》御改《おあらため》役の兼任を命じられた。幸左衛門も火《か》盗改方《とうあらためかた》の与力として剛腕をふるった。町奉行所の捕り方を巡査とすれば、こちらは秘密警察のようなもの。泣く子も黙る火盗改に溝口ありと、当時はならしたものだった。

五年前、幸左衛門は息子に家督を譲って隠居した。はじめは屋敷の一角に住んでいたが、おととしの火事のあと、息子と喧嘩《けんか》をして家を出てしまった。

御先手組の組屋敷は竜土町にある。幸左衛門は孫娘の結寿、小者の百介と共に、狸穴町の口入屋《くちいれや》の離れに居を移した。体裁がわるいからと再三呼び戻しに来ていた溝口家の使いも、すっかりあきらめたのか、近頃はとんと姿を見せない。

結寿は幼い頃、母を亡くした。父は後妻を迎え、継母に腹違いの弟妹ができた。いじめられたわけではないが、生さぬ《な》仲にはそれなりの遠慮がある。堅苦しい実家にいるより、手がかかっても祖父の世話をしているほうが気楽……というわけで、二つ返事でついてきた。現に今も年賀に実家へ出向いたら、あれこれあら探しをされ、

——縁談はどうするおつもりじゃ。組屋敷のお若い方々の中にはそなたに熱を上げている者もおるとやら。それゆえお舅《とう》さまの機嫌取りに通うておるとも……。妙な噂《うわさ》でも立ったら一大事。早う戻っておいでなされ。

継母の絹代《きぬよ》に小言を言われた。そそくさと暇《いとま》を告げてきたばかり。

狸穴坂を下った道は麻布十番につづいている。十番には馬場があり、その先には掘割がある。道の両側には小役人の家々が並んでいた。

元日の午後のことで、坂道を上がり下りする者はいない。

いつもならそのまま下りきる。

主従は坂の半ばで足を止めた。

「おや、なにをしてるのかしら」

坂は下るにつれて狭まり、片側は切り落としになっている。枯れスキが茫々《ぼうぼう》と生い茂る合間から、手拭いで頰かぶりをした頭がのぞいていた。急な斜面に這《は》いつくばって、なにか探しているらしい。

「ムジナの穴でも探してるんじゃござんせんかね」

狸穴の「まみ」は猯《まみ》、イタチともムジナともアナホリとも言われる。いにしえより、このあたりは狸《たぬき》の類の棲処《すみか》として知られていた。

「ここんとこ、ムジナが世を騒がしておりますから。夕暮れなんぞ、おちおち歩けやいたしません。つい先だってもくらやみ坂で……」

「おやめなさい。正月早々」

二人の会話が耳に入ったのか、頰かぶりをした男がむくりと立ち上がった。その拍子にずるっとすべり、あわや転げ落ちそうになる。

結寿はあッと声をもらした。二、三歩近寄る。我知らず伸ばした右手は遠すぎて男には届かなかったが、たたらを踏み、自力で体勢を立て直した男は、驚いたように宙に浮いた女の手を見つめた。

結寿はあわてて手を引っ込める。

すると男の片頰に、くっきりと縦長のえくぼが浮かんだ。

男は上背があり、浅黒い肌に穏やかな目と引きしまった口をしていた。歳は二十七、八か。頬かぶりをしているのではっきりとはわからないが、野袴姿は商人にも農夫にも見えない。

「やれ危のうござった。正月早々怪我をしては一年が思いやられる」

男はススキをかき分け、坂道へ上がって来た。

「なんぞ、失せ物でも探しておられたので……」

百介が訊《たず》ねた。

「ムジナの穴をの、探しておったのだ」

「てェことは、やっぱり噂はまことってェわけですかい。先だってもこの近辺で、武家の女房子供がムジナに化かされ、金品を盗られたとやら……」

住民が狸やムジナに化かされたのは昔の話で、近年はめったに聞かない。それが昨年の秋頃から、夜道や人けのない道にムジナがあらわれ、すれちがいざま金品を奪う、という奇怪な事件が聞こえてくるようになった。年の瀬には町々から人が出て大がかりなムジナ退治まで行われたが、大山鳴動しただけで鼠《ねずみ》一匹捕まらなかった。

「で、そいつァたしかにムジナなんでございますか」

百介は小鼻をひくつかせる。

男はかすかに眉をひそめて、眼下の家並みを見渡した。

「見た者の話を信用するなら、おそらく……」

「さぞや大ムジナでございましょうな」

「大ムジナも大ムジナ、なにしろ人を食らうほどなれば……」

「ヘッ、こいつァ驚き桃の木山椒《さんしょ》の木。で、旦那はどういう……」

「百介」結寿は小者を軽くにらんだ。男に辞儀をする。「先を急ぎますので、わたくしどもは失礼いたします」

「おう、さようか。ではお手前方も化かされぬよう、くれぐれもご用心召され」

男は真顔で言った。

主従は再び坂を下る。

結寿は背中に男の視線を感じた。同じ場所に突っ立ったまま、こちらを眺めているにちがいない。

奇妙な男だと思った。ほんとうにムジナの穴を探していたのだろうか。正月の、それも元日に、たったひとりで……。

謀《たばか》られたような気がしたが、腹は立たなかった。差し伸べようとした手を見たときの、驚いた顔がよみがえる。笑顔とまではいかないが表情が和らいで、思わず引き込まれた。

それからそう、眼下の景色を見渡していたとき、なぜだろう、双眸《そうぼう》に哀《かな》しげな色がよぎった……。

「さっきのお人は、このあたりのお方ではありませんね」

結寿は首をかしげる。

「八丁堀ってェわけでもなさそうで……」

八丁堀には町奉行所の与力・同心が住んでいる。江戸市中をまわって事件の取り締まりにあたる同心は、定町廻《じょうまちまわ》りと呼ばれていた。定町廻りのいでたちは小袖の着流しに黒紋付き羽織と決まっている。男が定町廻りでないのはたしかだった。

「おっと、もしかするってェと……」

百介は首をまわした。

「ほうら、消えちまった。お嬢さま、あやつこそムジナかもしれやせんぜ」

「馬鹿なことを。元日の真っ昼間から、なぜムジナが出て来るのですか」

「そいつはええと……お屠蘇《とそ》気分に誘われてェ、坂の穴からもぞもぞとォ、てんてんてんつく、今日は晴天、声をかけられびっくり仰天、きれいな娘に有頂天……」

「百介ったら」

結寿は声を立てて笑った。

谷間の町角から、奴凧《やっこだこ》がひとつ、すいと空へ浮かび上がる。

主従は坂を下りきり、狸穴町の寓居《ぐうきょ》へ帰って行った。

二

麻布はその昔、麻生といって、麻や浅茅《あさじ》が生い茂る草原だった。

当時は狐狸《こり》もムジナも我がもの顔で棲みついていたのだろうが、今は中小の大名屋敷や武家屋敷が建ち並び、その合間に町人と寺社の町が点在して、ムジナが安住できる場所はない。

狸穴町は坂の東隣にできた町だ。両替屋、舂米屋《つきごめや》、炭薪屋など、武家御用達《ごようたし》の商店を中心に、味噌や塩を商う店、小間物屋や紺屋《こうや》、口入屋などが軒を並べている。

口入屋（人宿《ひとやど》もしくは桂庵《けいあん》ともいう）はいわば就職斡旋《あっせんぎょう》業で、麻布の町ならどこにも必ず一、二軒はあった。金欠のため家来の数を増やせない武家は、年季奉公の中間《ちゅうげん》者《もの》を雇う。奉公人の出入りがはげしいので、口入屋も大繁盛である。

幸左衛門の大家の口入屋は、表通りに間口二間ほどの店を構えていた。裏庭に山桜桃《ゆすらうめ》の大木があるところから「ゆすら庵」と呼ばれている。構えは小さいが、誠実で面倒見がよいとなかなかの評判である。

正月なので店は閉まっていた。

「あッ、姉ちゃんだッ」

結寿と百介が店の脇の細い路地へ入ると、小童《こわっぱ》の声がした。近所の子供たちが路地の奥の空き地に集まって、独楽《こま》を回して遊んでいる。

小童は口入屋の二男の小源太《こげんた》である。他の子供たちは結寿を「先生」と呼んでいるが、小源太だけは「姉ちゃん」。結寿はときおり子供たちの手習いを見てやっている。

「お祖父《じい》さまは……」

駆けて来た小源太は大仰に口をひん曲げた。

小源太は大仰に小童に訊ねた。

「いつものとおりさ」

「素読《そどく》を教えてやろうとおっしゃっておられましたよ」

「いいよ、おっかねえから」

言いながら、小源太の視線は百介の風呂敷包みに釘付《くぎづ》けになっている。

「大丈夫、とっておいてあげますから遊んでらっしゃい。あとで一緒に食べましょう」

うなずいて駆け去る小童を見送って、結寿は忍び笑いをもらした。

ゆすら庵の傳蔵《でんぞう》・てい夫婦には十三のもと、十二の弥之吉《やのきち》、八つの小源太の三人の子供がいる。おしゃまなもと、引っ込み思案の弥之吉、小源太は名うての腕白である。

百介が木戸を開けた。

店は小さいが、裏庭はだだっ広い。雑然と樹木が生えている。

中でも目を引くのが山桜桃だ。

結寿の身の丈の倍ほどもある大木は、春になると薄紅の花におおわれる。初夏には小さな実をびっしりつけて枝をたわませ、甘酸っぱい果肉で家人を楽しませてくれる。が、今は、裸枝が思い思いに空を突き刺していた。

離れは傳蔵の亡父が住んでいた農家で、入口に土間があり、片隅には厩《うまや》らしき囲いが、茶の間には囲炉裏が切ってある。武家屋敷が増えて田畑が減り、傳蔵も商売替えをした。幸左衛門は無住となった家を借り受け、好き勝手に手を入れて住んでいる。

百介が濯《すす》ぎ桶《おけ》を運んできた。

結寿は土埃《つちぼこり》を拭い、祖父の部屋へ向かう。

「ただ今、帰りました」

幸左衛門は縁側にあぐらをかいて、小刀で枝を削っていた。

白髪痩身《そうしん》の骨張った体つきはいかにも古武士然としている。そげた頬に窪《くぼ》んだ眼窩《がんか》、そこから放たれる眼光の鋭さは、火付や盗賊をふるえ上がらせただけのことはある。とりわけ今は口をへの字に曲げ、眉間《みけん》にしわを刻んでいるのでなおのこといかめしい。

削っている枝は二股になっていた。十手《じって》の形をしている。

十手捕り縄は、火盗改にとって必須の技である。幸左衛門のもとには、今でも同心や岡っ引が指南を請いにやって来た。作法がなっとらんと追い返される者あり、叱責《しっせき》されて途中で逃げ出す者もあったが、知る人ぞ知る技の使い手である幸左衛門に心酔して、熱心に稽古に励む者もいた。

――なんじゃ、近頃の火盗改ときたら。気骨ある者はおらぬのか。

そもそも日々の苛立《いらだ》ちの大本はそこにあったから、幸左衛門も技の伝授には並々ならぬ意欲を燃やしている。

幸左衛門の傍らには傳蔵がちぢこまっていた。四十少し手前の小太りの親父である。

「へい、へいへい、ごもっともで……」

頭を垂れているところを見ると説教でもされていたのだろう。知らない者なら、幸左衛門が大家で傳蔵が借家人だと思うにちがいない。

結寿に気づき、傳蔵は救われたように腰を浮かせた。

「へい、ではあっしはこれで」

「話はまだ終わっとらん」

「しかしお嬢さまが……」

幸左衛門は孫娘をにらみつけた。

「なにもこちらから出向くことはあるまい。子がまず父親に挨拶《あいさつ》に参るが筋というものじゃ」

「それゆえわたくし、父上のところへ年賀に参りました」

揚げ足をとられて、幸左衛門はむっと押し黙る。

「父上も母上もお祖父さまがどうしているかと案じておられましたよ。ご不自由なことがあれば、なんでも仰せくださいと……」

フンと幸左衛門はそっぽを向く。

「なにを叱《しか》られていたのですか」

結寿は笑いをこらえて、傳蔵に目を向けた。

「へい。そいつがムジナでして」

「おやまあ……」

またもやムジナである。

「ムジナにだれか化かされましたか」

「いえ、そうではございません」

結寿と百介が年賀に出かけている間に、ムジナを探しているという武士《さむらい》が訪ねて来た。人捜しとなればまず口入屋、というのはだれもが考えることである。これまでも定町廻りの同心や岡っ引が聞き込みに来ていたから、正月早々厄介な……とは思ったものの、快く帳面など見せた。すると武士は裏庭を見せてくれと言い出し、樹木の間を這いつくばってムジナの穴を探しはじめた、というのである。

「二十七、八の、野袴姿の、お背の高い……お武家さまではありませぬか」

結寿は膝《ひざ》を乗り出した。

「お嬢さまもご存じで……」

「坂のところでお見かけしました。ムジナの穴を探しているとやら」

「わしに断りもなく怪しい輩《やから》を入れおって……。突然、茂みの後ろから男が出て来たときは、心の臓が止まるとこじゃった」

幸左衛門はぶつくさ言っている。

「で、見つかったのですか、ムジナの穴は……」

「いいえ。ムジナが人に化けて、どこぞのお屋敷へもぐり込もうとするかもしれない。人を紹介する際はよくよく身元をたしかめるようにと言い置いて、帰って行かれました」

「お名を訊《き》かなかったのですか」

「へい、そいつがうっかり……」

「それゆえ言うとるんじゃ。素性もわからぬ輩を庭へ入れるとは言語道断」

結寿は傳蔵に目くばせをした。

傳蔵はやれやれといった顔で立ち上がる。

「お内儀《かみ》さんやもとちゃんは……」

「親戚の家へ出かけましたが、そろそろ帰って来る頃で」

「でしたら今宵は、皆で馳走《ちそう》をいただきましょう」

「へい。そのつもりで女房も仕度をしております」

傳蔵は庭づたいに母屋へ引き上げた。

結寿も腰を浮かせる。

「白湯《さゆ》を持って参ります」

幸左衛門は顔を上げた。

「小腹が空《す》いた」

「ではお餅《もち》を焼きましょう」

「百介はどうした」

「こちらへ参るように申しましょうか」

「うむ……」

幸左衛門はなにやら屈託ありげな様子である。出て行こうとすると、「ムジナか……」

とつぶやいた。

「ムジナが、なにか」

「いや、なんでもない」

もう削りかけの枝に目を落としている。

結寿は廊下へ出た。

障子を開け放した明るい部屋にいたので、薄暗い廊下で目を瞬く。

まぶたの裏に、謎めいた武士の顔が浮かんでいた。

三

「怪しい奴ですね。だいたい人家の庭先にムジナの穴なんかあるわけがない。なにか別のものを探していたに決まっています」

火盗改方の同心、奥津貞之進《おくつさだのしん》は断言した。井戸端で顔を洗っている。

結寿は手拭いを差し出した。

「別のもの……」

「足跡とか落とし物とか」

貞之進は手拭いで顔を拭った。

二十歳を過ぎたばかりの若者の顔はつややかに輝いている。中肉中背の精悍《せいかん》な顔だちだが、よく見れば切れ長の目元にも薄い唇にも少年時代の片鱗《へんりん》が残っていた。こうして結寿と立ち話をするのがうれしくて、見習いから常役になってもまだ、暇を見つけては幸左衛門のもとへ通っている。捕り方の稽古は取手《とりて》と柔《やわら》、鬼師匠にしごかれ、貞之進は汗まみれだった。

三が日が明けたこの日も、空は晴れ渡っている。

「ムジナが落とし物などしましょうか」

結寿は小首をかしげた。

「ムジナなんぞいやしませんよ」

貞之進はあっさり返す。

「でも、夜道で化かされたお人が何人もいるのでしょう」

「作り物のしっぽでも見せてムジナを装ったのか。ムジナの仕業にしておけば、疑われる心配がない。思いのままわるさができますからね」

では、あの武士もそれを承知で、「人を食らうほどの大ムジナ」などと言ったのか。それにしても元日からムジナ探しとは物好きな話である。

貞之進は顔を拭いた手拭いを水でしぼった。首を拭き、両腕を拭き、襟元《えりもと》をゆるめて胸元を拭く。

結寿はどぎまぎして目を逸《そ》らせた。

「火盗改でも、ムジナの探索をなさるのですか」

「いいや、それはないでしょう」

火盗改ができた当初は、火付と押し込みは火盗改、その他の事件は町奉行所と分担が決まっていた。町奉行所は町民の事件を扱う役所である。武士を詮索《せんさく》したり捕らえたりはできないが、火盗改なら武士でもお縄にできる。

ところが火盗改が手柄を逸《はや》り、町方の事件に首を突っ込むようになったため、両者は競い合い、反目し合うようになった。火盗改は町奉行所の与力・同心を低く見て、威張り散らす。奉行所の与力・同心は火盗改を冷ややかな目で眺め、ことごとく楯《たて》を突く。寄せては返す波のように、両者の力関係は、時と共にめまぐるしく入れ替わっている。

「ムジナが群をなして押し込みでもすれば別ですが……。我らが手を下すほどの事件ではありませぬ」

貞之進は肩をすくめた。

強がりである。実際、今の火盗改には、町方の事件にかかわる意欲も熱意も不足していた。幸左衛門の現役時代は肩で風を切って歩いていた火盗改も、ここ数年は町方役人に水をあけられている。

「八丁堀には似合いの仕事だ。たかがムジナ一匹、化けの皮はすぐはがれますよ」

「それならよいのですが……」

結寿は貞之進の差し出した手拭いを受け取った。

「心配は無用。なにかあればそれがしが必ず……」

二人が目を合わせたとき、おーいと声がした。貞之進の同輩、早川求馬《はやかわきゅうま》である。幸左衛門につかまって話し相手をさせられていたのが、ようやく解放されたのだろう。

貞之進の眸《ひとみ》に落胆の色が走った。が、明るい顔に戻って、幼なじみでもある同輩を迎える。

「おう、これから馬場へ行かぬか」

同役の二人がそろって非番の日はめったにない。

馬場は麻布十番にあった。一騎二騎と数える与力が騎馬隊なら、一人二人と数える同心は歩兵隊、馬場へ行っても指をくわえて眺めているだけだ。だが、軟弱者ぞろいの火盗改にしては珍しく覇気のある二人には、幸左衛門の口利きがあった。運がよければ訓練用の馬を貸してもらえる。

「今も先生の仰せを拝聴していたところだ。世の中が騒がしゅうなった今こそ、我らが出番。町方の奴らをのさばらせてはおけぬ」

求馬は太い眉をうごめかせた。眉も太いが、鼻もがっしりして、顎《あご》も角張っている。求馬は顔だけでなく体つきもたくましく、幸左衛門一番の愛弟子だった。

「よし、行こう」

「では結寿どの、我らはこれにて」

ごめんと言いかけて、求馬はそうそうと表情を和らげた。

「鈴江《すずえ》が結寿どのに逢《あ》いたがっていた。いつお訪ねいたさばよいか訊いてきてくれと」

「いつでもどうぞ、とお伝えください。わたくしもお逢いしとうございます」

鈴江は求馬の妹で、組屋敷にいた頃は親しく行き来していた。狸穴町へ移ってからも、実家へ帰れば招いたり招かれたり、旧交を温めている。だが幸左衛門に遠慮があるのか、こちらへはめったに訪ねて来ない。

今度こそ暇を告げて、二人は帰って行った。

四

「この十手とは、明の陳元贇《ちんげんぴん》という男が我が国へ帰化した際、拳法と共に伝えたと言われておる。寛永年間のことじゃ。しかし取手、つまり相手を生け捕る法については、それよりずっと以前から伝えられて参った。竹内中務大夫《たけのうちなかつかさ》を祖とする竹内流、荒木無人斎の無人斎流、夏原八太夫の夢想流、そして時代下って高橋作右衛門……」

幸左衛門の朗々たる声が聞こえている。隠居暮らしをぼやきながら、こういうときだけはがぜん意気軒昂《いきけんこう》である。

火盗改方の同心は町方の定町廻り同心と同じく、配下に岡っ引を従えていた。公式ではなく、あくまで私的な主従関係である。

海千山千の岡っ引どもめ、いざ性根を叩きなおさん——。

暇を持て余している幸左衛門は、月に一度、岡っ引、小者、下っ引などざっと十余名を集めて捕り方指南をしていた。追従《ついしょう》半分、義理半分で集まった面々は、十手捕り縄の技の指南には目をかがやかせても、こむずかしい話となるととたんに舟を漕《こ》ぎだす。

ひときわ大きな鼾《いびき》が聞こえ、結寿は運針の手を止めて忍び笑いをもらした。

ここまで厚かましく眠りこけるのは百介に決まっている。そろそろ雷が落ちる頃かと聞き耳を立てていると、案の定、幸左衛門の怒声が聞こえた。

百介がすごすごとやって来る。

「へへ、うるさいッ、出てけってなもんで……」

退屈な場から逃れてむしろほっとしたのか、百介はぺろりと舌を出した。

「ああだこうだ理屈を拝聴している暇があったら、市中見まわりでもしてたほうがよほどましでございますよ」

「それは町方のお役目でしょう」

「ヘッ、あやつらにまかせちゃおけやせん。なんてったって、火盗改は公方《くぼう》さま直々のお声がかりでできたお役でございますから」

町方と火盗改方との長年にわたるにらみ合いは、岡っ引に中間者、果ては百介のような小者にまで及んでいる。

「それはそうと……」と、百介は茶の間の隅っこへ腰を落とした。「旦那さまはなにやらお気にかかることがおありのご様子で」

「気にかかること……」

「ゆすら庵の帳面を借りてこいと仰せになられました。お借りして参りましたところが、一件一件目を皿のようにしてご覧になられ、しきりに首をひねっておられます」

ゆすら庵の帳面には、職探しに来た者の名前や年恰好《としかっこう》、出身地、特技などが書き込まれている。奉公先が決まった者の欄には、給金や年季の期間といった細かい条件も記されていた。

「どなたか人を探しておいでなのかしら」

「ムジナに、かかわりがあるんじゃござんせんかね」

「ムジナッ」

「へい。このあたりのお屋敷に入り込んでるとお考えやも……。もしかするってェと、ムジナにお心当たりがおありやもしれません」

火盗改を勤め上げた幸左衛門である。悪事ならいやというほど見てきたはずだ。似たような事件を思い出したのかもしれないし、ムジナが化……いや、ムジナに化けそうな人物を思い出したのかもしれない。

「それで、目当ての人物は見つかったのですか」

「さァて、あっしもそこまでは……」

百介は首をひねった。

訊ねるまでもなかった。火盗改は独断と速攻、有無を言わせぬ捕縛が身上である。怪しい人物を見つけたのであれば、幸左衛門が手をこまぬいているはずがなかった。これぞという輩はまだ探り当ててはいないはず。

結寿はふっと狸穴坂で出会った武士を思った。若者というには少々薹《とう》が立ちすぎているようだが、結寿を見つめた双眸は若者のように澄んでいた。その顔をよぎった翳《かげ》りが、なぜか強く胸に残っている。

百介は怪しいと言った。が、結寿は怪しいとは思わなかった。むしろあの武士には、対峙《たいじ》する者の心を和らげ、真実を引き出す力があるような……。

「お嬢さま、終わったようでございますよ」

百介に言われて我に返った。

「では白湯でも運びましょう」

結寿は腰を浮かせる。

「いえ、そいつはあっしが……。与力のお嬢さまにそんなことをおさせしちゃあ、バチが当たります」

「よいのです。好きですることですから」

これまで雇った小女は、幸左衛門が気に入らず、でなければ小女のほうが幸左衛門に恐れをなして、皆やめてしまった。朝餉《あさげ》夕餉の賄いは近所の老女が通ってくる。口入屋の女房もなにかと面倒をみてくれるので、とりあえずは不自由しない。

とはいえ、実家の人々から見れば、とんでもないと眉をひそめるのも無理はなかった。

——ここがおいやなら、せめてもう少し体裁のよい住まいをお借りになられればようございますのに。

——父上もお人がわるい。これではわしが不孝者とそしられる。

——孫娘を女中代わりに使うとはもってのほかにございます。

火盗改と町方ではないが、こちらも当分、角《つの》の突き合いがつづきそうで……。

「そうそう、到来物のお饅頭《まんじゅう》がありましたね」

「へい。そう言ャァ」

主従は連れだって台所へ向かう。

五

「よォ、姉ちゃん。ムジナってどう書くんだっけ」

木戸をくぐるなり、小源太に半紙と筆を突きつけられた。

結寿は目を丸くして、「む・じ・な」とひらがなで書いてやる。

「ね、どうしてムジナなの」

駆け去ろうとする小源太を呼び止めた。

「見っけたからさ」

「見つけたって、ムジナを……」

声が裏返っている。

「どこで……どこでいつ、そのムジナっていうのはどんな……」

「だからさァ、昨日の夕方、うっかり暗くなっちまってサ、父ちゃんに叱られるってんで泡食って駆けて来たら、そこの路地んとこでぶつかったんだ」

二人とも尻餅をついた。その拍子にふさふさとしたしっぽが落っこちたのだという。

「でも、向こうは大の男だったのでしょ」

八歳の子供とぶつかってすっ飛ばされるとは、よほど小源太の勢いがすさまじかったのか。

「大の男にゃちがいないけど、ずいぶん小ちゃくて痩《や》せ細ってたぜ。姉ちゃんの祖父ちゃんよか、ずっと年寄りみたいだった」

それでは、ムジナは老人だったのだ。いったいなぜ、老人が偽のしっぽなどつけてわるさをしたのだろう。それよりなぜ、こんなところをうろついていたのか。この路地は口入屋の裏庭と隣の紺屋の裏庭、奥に空き地があるだけで、めぼしい家はない。

「見たことのないご老人だったのね」

「ううん、どうかなァ……」

「どうかなァって」

「見たような気もするけどなァ」

春か夏か、もっと前かもしれないが、店に奉公先を頼みに来た男に似ていると、小源太は鼻の頭にしわを寄せた。といっても、ぶつかったのは薄暗がり、しかもしっぽに気を取られていたので、はっきりはわからないという。

「で、それからどうしたの」

「別に。ムジナの爺《じい》ちゃん、すごい勢いで空き地の方へすっ飛んでった」

「そのこと、だれかに話したの」

「母ちゃんに話したけど、ろくでもない言い訳こしらえてる暇があったらとっととおまんま食えってサ。父ちゃんなんか、聞く前に拳固で叩きやがった」

小源太は出まかせばかり言うので、両親もいちいちかまってはいられないのだ。

「もう、いいだろ」

遊び仲間が待っているので、小源太は足踏みをしている。

「今度見つけたら、きっと知らせてね」

念を押して解放してやる。

結寿は胸に両手を当てた。動悸《どうき》が速まっている。

やはり、ムジナは人間だったのだ。そしてやはり、口入屋とかかわりがあったのだ。

幸左衛門が帳面を見てもわからなかったのは、老人の名前がそれより昔の帳面に記されていたからかもしれない。

けれど、だとしたら、なぜ今頃になってまたやって来たのだろう。表の店ではなく、離れのある庭へ入り込もうとしたのはなにゆえか。

傳蔵から昔の帳面を借りて、幸左衛門に今一度、目を通してもらうくらいしか、今のところムジナの正体を知る手がかりはなさそうだった。

お祖父さまは、なにを思い出そうとしておられるのかしら——。

それは他人にふれられたくない思い出のような気がする。

山桜桃の大木が、老人の腕のごとく、葉のない枝を広げていた。

六

小正月を過ぎて、麻布の町々にも雑然とした日々の暮らしが戻って来た。奉公人を求める者と仕事を求める者とが入れ代わり立ち代わりやって来て、ゆすら庵も幸先《さいさき》のよい一年のすべり出しである。

ムジナ騒ぎは、年初からこっち、なりをひそめていた。

結寿は小源太から聞いた話を幸左衛門に伝え、ゆすら庵から古い帳面を借りてきて渡した。が、心当たりがあるのかないのか、幸左衛門は目を通しただけでなにも言わない。

正月十九日は麻布十番にある七面天《しちめんてん》の縁日だった。この日は終日、笛や太鼓の音が流れ、子供たちのはしゃぎ声が聞こえてくる。

「行きとうはないが、昔のよしみじゃ、顔を出さねば恨まれる」

「ごゆっくりなさってらっしゃいまし」

昔なじみの喜寿の祝いに呼ばれ、珍しく出かける気になった幸左衛門を、結寿は喜んで送り出した。

お祖父さまもたまには気晴らしをなさらなくては——。

捕り方の指南を請いに来る者はともかく、それ以外は、近所に住む絵師で俳諧《はいかい》の師匠でもある弓削田宗仙《ゆげたそうせん》しか家に上げないという徹底した偏屈ぶりである。これを機に、明朗とまでは言えないが、それでも今よりは人当たりのよかった昔に戻ってもらいたいものだと結寿は思った。

百介も供をして出かけてゆく。

夕餉の片づけを終え、老女が帰ってしまうと、結寿はひとりになった。昼間、縁日で浮かれて疲れ果てたのだろう、口入屋の子供たちも早々と寝入ってしまったようで、母屋はしんとしている。

春とは名のみの季節、宵に入ったら急に冷え込んできた。

百介にぶ厚い綿入れを持たせればよかった、お祖父さま、風邪をおひきにならなければよいけれど——。

風も出てきたようで、雨戸がカタカタ鳴っている。

行灯《あんどん》を手元に近づけ、縫い物をしながら結寿は幸左衛門の帰りを待ちわびた。五つ(冬は午後八時頃)の鐘が鳴ってからもうかなり経っている。

こんなに遅くなるとは、道々なにかあったのではないか。まさか、ムジナに化かされて道に迷ったとか……。

不安にかられていると、戸を叩く音が聞こえた。

今宵はひとりなので、早々と戸口につっかい棒をかっている。

「お祖父さま、遅うございましたね」

土間へ駆け下り、つっかい棒をはずした。戸を引き開ける。

刹那《せつな》——。

一陣の竜巻が吹き込んだかと思った。小さな黒い影がすさまじい勢いで体当たりしてきた。もしその男の目的が結寿を殺すことであったなら、まんまと成し遂げていたかもしれない。手に短刀をにぎりしめていたのだから。

貧相な老人だった。が、痩せ衰えた見かけと裏腹に、馬鹿力の持ち主だった。突き飛ばされ、仰向けになった結寿の上へ馬乗りになって、喉元へ刃を突きつける。

「てめえらのせいだ。てめえらのせいで……どんな思いか、今度はてめえらにたっぷり思い知らせてやる」

老人は血走った目で結寿を見据え、憎々しげにわめきたてた。

驚愕《きようがく》と恐怖で、結寿は声も出ない。

「さァ立て。ついて来やがれ。おとなしくしてりゃあ命まではとらねえ」

短刀を突きつけたまま、結寿を引き立てて起き上がろうとしたときだった。

半開きになった戸を蹴《け》りたてるように、男が飛び込んで来た。

「やめよ八助《はちすけ》、無謀なことはするなッ」

狸穴坂で出会った武士《さむらい》である。

「ちッ、またてめえか」

老人は眉をひそめた。

「近づいてみろ、こいつで……」

挑発するように短刀を振りまわす。

相手は半分ほどの背丈しかない老人である。たやすく捕らえられると思ったのだろう、武士は挑発に乗って跳びかかった。するとどうしたことか、老人はムジナさながら敏捷《びんしよう》にすり抜け、武士の足にとりついた。肩に担いで難なく投げ飛ばす。

一瞬の出来事だった。

と、そのとき、かつての廏とおぼしき一隅で、突然にぎやかな太鼓の音がした。結寿も老人も武士も、何事かと暗がりへ目を向ける。

そのわずかな油断を、見事な弧を描いて飛んできた鉤縄《かぎなわ》がとらえた。短刀にガッキと巻き付いた鉤縄は、老人を体ごとぐいぐいとたぐり寄せる。鉤縄のもう一方の端をにぎるのは幸左衛門だ。いつのまに戻って来たのか、水桶の陰にひそんでいたらしい。

武士は体勢を立て直し、刀を引き抜いた。が、それより先に、廏の暗がりから飛び出した百介が落ちていたつっかい棒を拾い上げ、老人の頭を打ち据えた。

「へへッ、こいつァ棒ずくめ。それからこいつァ……」

調子に乗ってとんぼ返りをして見せたのは、幸左衛門の講義中はいねむりばかりしていても、まんざら役立たずではない証拠を師匠に見せつけようとしたのだろう。

うずくまった老人を、幸左衛門はあざやかな手際で縛りあげた。

一連の出来事を、結寿と武士は芝居の一場でも見るような面持ちで眺めている。

「技の妙味とは、何事も瞬きする間に為す、ということだ」

幸左衛門はそっくり返った。そこでようやく目に入ったのか、武士に訊ねる。

「ところでおぬしは何者じゃ」

それには答えず、武士は老人の傍らへ歩み寄った。老人はぐるぐる巻きにされて転がっている。

結寿が――おそらく幸左衛門も百介も同じだろうが――なにより驚いたのは、武士がその場に膝をつき、悲痛な呻《うめ》き声をもらしたことである。涙こそ流さなかったが、心底、哀しそうな声だった。

「大昔のことではないか。今さら蒸し返してどうなる」

武士は老人に問うた。

老人はまぶたを閉じている。

「あれほど言い聞かせたはずだ。おぬしもうなずいたではないか。なにゆえ考えを変えた」

老人は口を閉ざしたままだ。

冷え込んでいる。ともあれ囲炉裏のそばへ……と、百介が武士をうながした。

武士が土間から座敷へ上がろうとしたとき、老人がぼそりとつぶやいた。

「死に土産に、と、思うたんじゃ」

しわ深いまぶたがふるえ、その下から涙が滂沱《ぼうだ》とあふれ出た。

武士は腹の底からため息をつく。

結寿は武士の眸に、狸穴坂で見たときと同様、陰鬱《いんうつ》な翳りが広がってゆくのを見た。

「あやつは八助と申す中間者にござる。己の死期が近いと知り、いったんは収めた怨《うら》みを晴らすことにしたのだろう。四十年も昔の怨みだ。八助がここへ来ることを見越して、こっそり待ちかまえていたということは、ご隠居もすべてを承知しておられたはずだ。

今さら拙者の口から事情をお話しすることもあるまい」

囲炉裏を囲んで向き合うなり、武士は一気に言った。

幸左衛門は黙然と炎を見つめている。

結寿はきっと目を上げ、祖父と武士を見比べた。

「話してくださいまし。わたくしも知りとうございます」

「さよう、危うい目にあわれたのだ、聞かずば心が鎮まるまい」

武士が言うと、幸左衛門もうなずいた。

「あの頃は火盗改の天下じゃった。華々しく働いたものよ」

「拙者はまだ生まれておらなんだが、話は聞いており申す。四年前になろうか、八助からも当時の話をくわしく聞いた」

四十年前とは、寛政三年（一七九一）の春。

旗本に化け、駕籠《かご》に乗って若党を従えた葵小僧《あおいこぞう》という泥棒が世を騒がした。盗みに入った家の女はひとり残らずなぶりものにする凶悪な輩《やから》だった。

葵小僧は神出鬼没で一向に捕まらない。業を煮やした火盗改は、時の本役、長谷川平蔵の檄《げき》のもと、御先手組の三十六組が総出で捕り物に駆けまわるという異常の体制を取ることになった。五月になってようやく葵小僧は捕縛され、数日後には早くも獄門になっている。

八助の奉公先の旗本家も被害にあった。しかも、葵小僧が捕縛されたのがこの屋敷だった。天下を騒がす大泥棒を捕らえるためなら、奉公人の家族など物の数ではない。血気に逸る火盗改が無謀な攻撃をしかけたため、葵小僧になぶりものにされた八助の女房と娘は、さらに交戦のとばっちりで大怪我を負うという悲運に見舞われた。

とりわけ十二歳の娘は瀕死《ひんし》の重傷を負った。

女房は娘の最期を看取ることさえ叶《かな》わず、火盗改の役宅へ引き立てられた。いかに火盗改でも、旗本の妻子を呼びつけて詮議をするわけにはいかない。代わりに中間者の女房が根ほり葉ほり訊ねられ、辱《はずかし》めを受ける羽目になったのである。

ひと目でいい、娘の死に目にあわせてやりたい……。八助は女房を迎えに行き、役人に頭を下げたが、取り調べの最中だからと手荒く追い返された。女房が家に帰されたときはもう、娘は冷たくなっていた。

火盗改への怨みは骨髄だったが、八助は怒りを抑え込んだ。

歳月が流れた。表面は何事もなかったかのように……。

渡り中間で食いつなぐ八助の胸に、埋《うず》み火《び》が再び燃え立つごとく武家への怨みがくすぶりはじめたのは、女房の死がきっかけだった。それでなくても武家の都合次第で、中間者は即刻お払い箱になる。暮らしはきつい。威張られ、蔑《さげす》まれ、こき使われる。

「あれは四年前だ。本郷だった。御先手組の、それも四十年前に火盗改に属していた老人のいる家の女子供ばかりが狙《ねら》われた。というてもしょせんはムジナ、せいぜい小銭を盗む程度のいたずらだったゆえ、八助はお縄にはなったが所払《ところばら》いで済んだ」

「その話は、わしも聞いておった。捕らわれた男が四十年前の怨みをつらつらと述べたと聞いて驚いたものじゃ。わしこそ、四十年前、奉公人の女子供から犠牲が出るを承知で捕縛にあたったひとりであったゆえの。わしはまだ二十代じゃった。手柄しか頭にない若造だった……」

幸左衛門は頭《こうべ》を垂れた。

八助が結寿をいきなり刺し殺すことはないと判断したのは、八助の狙いが結寿を殺すことではなく、孫娘を痛めつけるところを見せて火盗改を苦しめることにあるとわかっていたからだ。けれどそれは危険な賭《か》けでもあった。今頃になってそのことに思い至ったのか、幸左衛門も百介も身をふるわせている。

「でも、どうして、八助が今宵ここへ参るとわかったのですか」

結寿が訊ねた。

「正月十九日。今日が、八助の女房の命日だからだ」

武士が答えた。

幸左衛門は鋭い目になった。

「しかし、四年前の騒ぎがわしの耳に届くのはともかくとして、なにゆえおぬしが知っておるのか。いや、その前におぬし、何者じゃ」

そういえば取り込んでいたために、まだ武士の名を聞いていない。

武士はおもむろに居住まいを正した。

「拙者は四年前、八助を捕らえた者にござる。温情をかけ、所払いで済ませたはずが、またもや似たような騒ぎが聞こえてきた。もしや舞い戻って参ったのではないかと探索しておったのだ」

「なれば八丁堀の……」

幸左衛門は絶句した。

「妻木《つまき》道三郎《みちさぶろう》と申す。定町廻りではござらぬゆえ、ご存じござるまいが……」

「さ、さ、さすれば隠密廻りか」

「さて、なんとも。ご推察におまかせいたしまする」

隠密廻りは南北奉行所に二名ずつ配属され、定町廻りの任務を助ける。その名の通り、素性を明かさず、時と場合によっては変装も辞さず、隠密行動をとるのが決まりだった。

それだけに奉行所の同心の中では俊英中の俊英である。

町方と聞くや、幸左衛門は顔をゆがめた。

「失敬な、町方がかようなところへ乗り込むとは……」

「ここは町家にござる」

「わ、わしは火盗改なるぞ」

「されどご隠居さまにあられまする」

「隠居とて武士じゃ」

「ご無礼の段、平にお許しくだされ」

「ふん、町方も腕が落ちたものよ。ああも易々《やすやす》とムジナに投げ飛ばされるとはな」

「まさに……面目なき仕儀にて……」

道三郎は心底恥じ入ったように身をちぢめた。

「積もり積もった怨みがいかに想像を絶する力を発揮するか……四年前の八助を思い、つい油断してしもうた」

「お祖父さま……」結寿が困惑顔で口をはさんだ。「妻木さまは八助が罪を犯さぬよう後をつけておられたのです。わたくしを救おうとしてくださったのですよ」

幸左衛門はそっぽを向く。

道三郎は結寿に目くばせをして、今一度、幸左衛門に向かって平伏した。

「まこと情けなき仕儀にござる。今宵はご隠居さまのお手並みを近々と拝見させていただき、拙者、心より感服いたしました。この上は、ぜひとも門弟の一人に加えていただきたく……」

　幸左衛門は文字通り跳び上がった。

「馬鹿をぬかすなッ。わしが、町方に、捕り方指南すると思うてか」

「ならぬと仰せでも習いに参ります。なにとぞ門弟に」

「ならぬならぬッ。わしは八丁堀が大嫌いじゃ」

　道三郎は動じなかった。

「技の指南に好き嫌いはかかわりございませぬ。妙味とは、いかに寸時にして事を為すか……拙者も技の妙味を磨くべく励んでみとうございます」

「ふふん。聞いたようなことを……」

「この件、いずれまた改めて」

　いつまで言い合っていても埒《らち》が明かぬと判断したのだろう、道三郎は腰を上げた。

　土間へ下りるや、老人に痛ましげな目を向ける。

　あとへつづいて下りた結寿は、道三郎が八助に向かって「力になれなんだ、許せ」とつぶやくのを耳にした。こうなる前に老人を見つけ、思い留まらせることができなかった自分を責めているのか。狸穴坂で地面に這いつくばって、探し物をしていた男の姿がよみがえる。

　戸口までついて行きながら、結寿は好奇心にかられて訊ねた。

「あのとき、なにを探しておられたのですか」

「ムジナの穴だ」

「え？」

「この世に、八助が逃げ込む穴が、まだあるかどうかと思うての……」

けげんな顔をする結寿を見て、片頬をきゅっとくぼませる。

「いや、狸の毛が落ちておらぬか、探しておったのだ」

「狸の毛……」

「このあたりに狸はもうおらぬ。せいぜいおったとすれば貒《まみ》。アナホリともイタチとも呼ばれ、地面に穴を掘って棲みつき、夜間にうろつく輩だ。今はムジナといえばこいつのことだが、市中に狸が出没していた昔は狸をムジナと呼ぶ者もいた。八助は本郷でも狸のしっぽを使った。狸とムジナの区別がつかぬのだろう」

狸もムジナも見たことのない結寿には、両者のちがいなどわかるはずもなかったが……。

道三郎はおもてへ出て、もう一度振り向いた。

辞儀をする代わりに結寿を見つめる。

結寿は目を伏せた。

足音が遠ざかるのを待って、戸を閉め、つっかい棒をかける。

幸左衛門と百介は寝床へ引き上げようとしていた。

「まったく、町方とはのう……」

幸左衛門はまだぶつぶつ言っている。

「あやつはどういたしますんで……」

「放っておけ。明朝、組頭の屋敷へ知らせをやる」

二人はそれぞれの寝所へ引き上げた。

穴へ逃げ込む代わりに、凍《い》てつく土間に転がっているムジナ——。

結寿は納戸から夜具を抱えてきた。武家屋敷に占領されて棲処を奪われた狸のように、この老人ももはや行く場所がないのだ。そう思うと胸が痛む。

消え入りそうな声で嗚咽《おえつ》をもらしている老人の体を、結寿は大ぶりの夜具でていねいにくるんでやった。


「ほら、おいらが言ったとおりだろ」

小源太は結寿の手をぐいぐい引っぱる。

「あたしもムジナ、見てみたかったなァ」

もう一方の手をにぎりながら、姉娘のもとも未練がましくあたりを見まわしている。

「馬鹿。ムジナじゃないんだってば。妙ちきりんな爺さんさ」

「だからサ、ムジナが爺さんに化けたんでしょ」

「爺さんがムジナに化けたんだ」

「化けるのはムジナじゃないの」

「だけど爺さんが化けたんだ」

「ムジナだってば」

「ちッ、わかんねえなァ。爺さんだって言ってるだろ」

風が渡るたびに、道端の枯れススキがざわめいている。

「いいかげんになさい。どちらだって似たようなものだわ」

結寿はぴしゃりと言った。

「はァい」

「ほォら、叱られた」

姉と弟は首をすくめてあかんべをし合う。

狸穴坂のてっぺんまで来て、結寿は足を止めた。くるりと振り向き、眼下に広がる景色を見渡す。

高台がある。谷間がある。武家屋敷がある。寺社がある。町並がある。ここからは見えないが馬場がある。その先にはきらめく掘割の水面もある。

狐狸やムジナは退散しても、狐狸やムジナのような人々が棲む町だ。それはちょっと怖くて、ちょっと哀しくて、けれど、だからこそ愛しい町々でもあった。
新春の風を胸いっぱい吸い込む。
「あァ、いい気持ち」
伸びをしてごらんなさいと言うと、姉弟は両手を高く掲げて大きな伸びをした。
結寿は両手を差し出す。
三人は手をつなぎ合って、飯倉町の大通りへ入って行った。

涙雨

一

お江戸は春。

結寿《ゆず》と祖父、溝口幸左衛門の住む狸穴の寓居にも陽光があふれている。

「それはまァ、さいですなァ、なんでもかでも銭がものいうご時世ですから」

弓削田宗仙はまのびした声で言って、左右の離れた目を庭へ向けた。幸左衛門の茶飲み友達で、絵師であり俳諧の師匠でもある宗仙は、小柄で白髪のひょうひょうとした老人である。

「山桜桃《ゆすらうめ》の蕾《つぼみ》もほころびかけて参ったようで」

寓居の庭には山桜桃の大木があった。びっしり蕾をつけている。

「銭のためとはいえ、子供を売り買いするとは嘆かわしきかぎりじゃ」

幸左衛門は顔をしかめた。

宗仙と幸左衛門は縁近くに座している。結寿と百介は奥に控えていた。各々の膝元には白湯《さゆ》の入った湯飲み、だれもが手の届く真ん中に、宗仙が一ツ木町まで出向いて買い求めたという御菓子所、中嶋屋の名物、巻せんべいの入った器が置かれている。

「御家人株さえ公然と売り買いされておるのです。驚くには当たりませんよ」

宗仙は白湯をすすった。

御家人とは下級武士、昨今は武士《さむらい》の身分さえ銭で買える。

「遊里なんざ、そもそも人の売り買いで成り立っておりますようなもので……」

音高くせんべいを噛み砕いて、百介が話に割り込んだ。

「歴《れっき》としたお武士《さむらい》が我が子を売り歩くなんて、いくらなんでも節操がなさすぎます。お祖父《じい》さま、お咎《とが》めはないのでしょうか」

結寿は眉をひそめる。

食い詰めた子沢山の武士が我が子を荷車に乗せて売り歩いた——そんな途方もない話を、宗仙が聞き込んできた。衰えぬ健脚で江戸市中を歩きまわり、噂話を集めるのが宗仙の日課である。

「食えぬというのじゃ、咎めだてもできまい」

「では見て見ぬふりをするのですか」

「いたしかたあるまいの」

幸左衛門は嘆息した。武士も町人も日々の暮らしに汲々《きゆうきゆう》としている。

「ま、人買いに拐《かどわ》かされたわけではなし」

宗仙のおっとりした物言いを受けて、せんべいに手を伸ばそうとしていた百介がはずんだ声をあげた。

「おッ、人買いと言やァ、じきに梅若忌《うめわかき》でさァね。降ゥるか晴れるか、晴れるか降るかァ、母を恋しの涙雨……ってね」

梅若丸は人買いに拐かされ、はるばる京から東国へ連れられて行く途上、哀れ、隅田《すみだ》川《がわ》の畔《ほとり》で病に罹《かか》ったため捨てられてしまった。ちょうど一周忌のその日、我が子を奪われて物狂いを患った母が行方を追ってやって来る。塚の前で南無阿弥陀仏を唱えると、不思議や我が子の幻が現れ……というのが謡曲「隅田川」。これにちなんで三月十五日(旧暦)には向島の木母寺《もくぼじ》で大念仏供養が行われる。

なぜかこの日は雨になることが多かった。

「そうだわ、お天気になったら出かけてみましょうよ。母屋の子供たちを誘って」

結寿が言うと、「そいつァいいや」と真っ先に百介が膝を打った。

「手前もお供いたしましょう。たいそうな人出になりますよ」

宗仙も老顔をほころばせた。むろん雨でも屋台や茶店がずらりと並び、物売りの呼び声がかしましい。だが晴れればそれこそ、春の野を散策がてら、親子づれが引きも切らずに押しかける。

幸左衛門は鼻を鳴らした。

「供養と言うが、ふん、なんのことはない、銭儲《ぜにもう》けの競い合いじゃ。近頃は寺社も銭勘定に血眼《ちまなこ》になりおって。梅若が泣くのも無理はないの」

結寿と宗仙は目くばせを交わし合う。

幸左衛門の仏頂面を後目《しりめ》に、百介は小気味よい音を立ててせんべいを囓《かじ》った。

二

「それでは逆さですよ。ほら、左から右へこう丸く……」

結寿は小源太の手に手を添えて「の」の字の書き方を教えてやる。

「へたっぴしだなァ」

材木屋の倅《せがれ》の長吉が小源太の脇腹をつついた。

「てめェこそ。書けもしねえくせに」

「書けるサ。そんなの簡単だい」

「そんなら書いてみろよ」

「ああ、書いてやるとも」

「なんでェ、みみずがのたくったみてェだ」

「うるせえや。どっから見ても、の、だろうが」

ごつんと頭を叩いたのはどっちが先か。

「二人とも静かにしなさい。寄るとさわると喧嘩なんだから」

結寿は小童《こわっぱ》をにらみつけた。寺子屋ではない。気が向いたときに手習いを教えているだけだが、いっときもじっとしていられない腕白どもの相手は骨が折れる。

「ほら、気を散らさないで」

やれやれと目を上げたときだ。木戸の開く音がして、山桜桃の大木の後ろから見覚えのある人影が現れた。上背のある、浅黒い肌の武士――。

「あ……」

町奉行所の同心、妻木道三郎である。

「姉ちゃんこそ、気を散らすなって言ったろ」

小源太が袖を引っぱったとき、結寿はもう腰を上げていた。

「どうぞ玄関へ」武士に声をかけ、「あとは自分で書いてごらんなさい」と子供たちに言い置いて玄関へ出て行く。

道三郎は戸口の前に突っ立っていた。結寿を見て眩《まぶ》しそうに瞬きをする。

「いやァ、すっかり無沙汰をしてしもうた。もっと早うに参るつもりが、よんどころなき用事が出来《しゅったい》いたしてのう」

「お役目ご苦労さまにございます」

結寿は笑みを浮かべた。

「ムジナの次は何をお探しですか」

「こたびは失せ物にあらず。いささか厄介な諍《いさか》い事《ごと》だ」

本人の口から聞いたわけではないが、結寿も幸左衛門も、道三郎が町奉行所の隠密廻りであることは承知している。

「治まったのですか、その諍いとやらは……」

「いずれ劣らぬ強欲者、雁首《がんくび》そろえてお白州《しらす》へ送り込んだ。で、少々暇ができたゆえ、ご隠居に捕り方指南を請おうと思うての」

幸左衛門どのはご在宅か、と訊かれて、結寿は思案顔になった。

町奉行所の同心と火盗改方とは犬猿の仲だ。手柄を競い合う競争相手である。隠居とはいえ骨の髄まで火盗改魂のしみ込んだ幸左衛門が、隠密同心を歓迎するとは思えない。

「路地の奥の空き地で素振りの稽古をしておりますが……」

幸左衛門は日々の稽古を欠かさない。じゃまをすれば、ますますへそを曲げるにちがいない。

「戻るまでお待ちください。どうぞ茶菓でも召し上がって」

「それより結寿どのは手習いを教えておられるのか」

子供たちの声が聞こえている。おとなしく手習いに励む子供はいない。

「さように大仰なことではありませぬ。寺子屋へ行きたがらない、中には行きたくても行けない子供たちもおります。それでときおり、簡単な文字を……」

「ふむ、さすればご隠居を待つ間、拙者も相手をしてやろう」

「ではこちらからお上がりください」

「いや、留守に上がり込めば、ご隠居の心証を害するやもしれぬ」

どのみちとうに害してはいたが……。

庭からまわり込もうとして、道三郎は山桜桃の傍らで足を止めた。

「お、そこそこ、ほれ、ほころびかけておるぞ」

などと穏やかなまなざしで梢《こずえ》を見上げている。

「美しゅうございますよ。薄紅の花がいっせいに開きます」

結寿もつられて歩み寄った。

と、そのとき——。

母屋から怒声が聞こえた。それも一人ではない。何人かでわめいている。

「何事でしょう」

「店は客であふれておったが……喧嘩でもはじまったか」

明日から三月。三月五日は出替《でが》わりといって、年季奉公では区切りの日だった。

近年はどこの屋敷でも、家臣や郎党、下男下女を増やす余裕がない。で、不要になったらすぐに解雇できるよう、一年毎の年季で雇おうとする。となれば、口入屋は商売繁盛。とりわけこの季節、武家屋敷が建ち並ぶ麻布界隈《かいわい》の口入屋は、仕事と人手を求める客でごった返している。

「行ってみよう」

道三郎はもう母屋へ向かって歩きだしていた。

結寿もあとにつづく。

庭づたいにも行けるのだが、道三郎がいるので母屋を通り抜けるのはやめ、路地をまわって表通りへ出た。店から追いだされたのか、路上に人が群れていた。店内はまだざわめいている。

「なにがあったのですか」

結寿は顔見知りの常連客に訊ねた。渡《わたり》徒士《かち》ともいう、年季奉公で次々に武家屋敷を渡り歩く中間者である。

「ここの口利きで雇った乳母が、ややこを盗んで逃げたそうでサ。とんでもねえ女を紹介してくれた、居所を教えろと、たいそうな剣幕でございます」

ややこを盗まれたのは狸穴坂の向こう側にある山内という旗本屋敷で、女は一年間の乳母勤めを終え、この出替わりで屋敷を去ることになっていたという。

結寿と道三郎は顔を見合わせた。

ともあれ店内へ急ぐ。

「取り込み中じゃ。おもてで待て」

入口で武士に制止された。店の者だと申し立てて強引に入り込む。

傳蔵は強面《こわもて》の侍に囲まれ、縮み上がっていた。二人を見ると、地獄で仏に出会ったような顔になる。

「話はあらましうかがいました。その乳母の住まいとやらはわからぬのですか」

「へい。こちらさまにお渡しした書き付けと、帳面に書かれた住まいは同じものなんで。おらぬ、偽りだと仰せになられてもそれ以上は……」

「素性をたしかめなんだのか。住まいを偽るような女子《おなご》を世話するとはけしからぬ」

「ややこは大事なご嫡男ぞ、もしものことあらば、そのほうの命もないものと思え」

「隠し立てをすると身のためにならぬ。わかっておろうの」

武士どもはいちどきに言い立てる。

「隠し立てなど、めっそうもございません」

傳蔵は今にも泣きださんばかりだ。

「お待ちください。傳蔵さんを責めたところでややこは見つかりませんよ」

思いあまって、結寿は割って入った。

「さよう。まずは乳母を探すことだ」

道三郎も加勢に出る。

「それゆえ住まいを訊ねておるのだ」

「傳蔵さんは知らぬと申しております」

「なればどこを探せばよいのじゃ」

「ややこを連れた女だ、遠くへ行ってはおるまい。わめいている暇があったら近隣の家々を聞き歩いたらどうだ」

「一年お屋敷に雇われていたのでしょう。だれか、心当たりのあるお人がいるのではありませんか」

一刻も早く手がかりをつかむことである。口々に言うと、

「おぬしら、何者だ」

武士の一人がけげんな顔を向けてきた。結寿の立ち居振る舞いは武家娘のもの、道三郎のいでたちも明らかに武士である。

道三郎は素早く結寿に目くばせをした。

「こちらは火盗改方、溝口さまの娘御であられる。溝口幸左衛門さまの御名くらいは、そのほうらも存じておられよう」

こういうとき、町方の同心では軽くあしらわれる。が、武家にもにらみの利く火盗改なら威力を発揮できる。

道三郎の思惑どおり、武士どもの態度は一変した。

「祖父も間もなく駆けつけて参りましょう。この一件、わたくしどもにお任せを。ややこは必ず無事お連れいたします」

勢い余って、結寿は断言した。なぜ自信たっぷりに宣言してしまったのか。当てなどないのに。

楚々とした見かけとは裏腹に、祖父譲りの剛胆な血を受け継いでいる。隠密廻りが落ち着き払った顔で付き添っているので、つい気が大きくなったせいもあった。

「こちらもただちに人を集めるゆえ、お手前方は屋敷へ戻り、手分けして近隣を探していただきたい」

道三郎に言い含められて、武士の一団は屋敷へ引き上げた。

とりあえず難は逃れたものの、

「お嬢さま、いったいどうなさるおつもりで？」

傳蔵は前にも増して不安そうである。ややこに万が一のことがあったら、結寿にも災難が及ぶ。そのことを案じているのだろう。

今頃になって、結寿も恐ろしくなってきた。

「強がりを言ってしまいましたが、どこからはじめたらよいか……」

道三郎にすがるような目を向ける。

道三郎は腕組みをした。

「旗本屋敷では町方の手に余る。聞き込みに参るわけにもゆかぬ。そちらはご隠居にお任せするとして……拙者は別のところから乳母の行方を探ってみよう」

女の年恰好、人相、職探しに現れたときの様子など、二人は傳蔵から聞きだした。帳面に書かれた文面も紙に書き取る。

道三郎は傳蔵に目を向けた。

「これ以上、おもての客を放ってはおけまい。ややこの一件は我らに任せて、おぬしは仕事をつづけるがよい」

大事件が起きた。命はないぞと脅された。こんな状況で平然と仕事をつづけるのは至難の業だろう。が、出替わりを目前に控えて、頼みの口入屋が開店休業では路頭に迷う者も出かねない。

傳蔵は中断していた仕事を再開することにした。

結寿と道三郎は店を出る。

「わたくしはどうすればよいのですか」

路地へ引き返したところで、結寿は訊ねた。

「ご隠居に書き付けを見せ、ただちに手配を頼むのだ。山内家は百五十俵、ご当主の秀太郎さまは御同朋衆《ごどうぼうしゅう》のお一人とある。火盗改方は即刻、人を遣わし、屋敷の聞き込みと周辺の探索をはじめるはずだ」

「妻木さまは……」

「小網町《こあみ》へ行ってみる」

小網町は帳面に書かれた女の住まい、日本橋のはずれの大川（隅田川）べりにある。

「なれど、その住まいは偽りだと……」

「今は住んではおらずとも、女は自らこの町名を口にしたのだ。なんぞかかわりがあるはずだ」

「さようですね」

町奉行所の同心なら、小網町にも顔なじみの岡っ引がいる。番屋にも顔見知りがいるはずだった。その点、火盗改より動きやすい。

「ではわたくしはお祖父さまに」

「待て。今ひとつ……」

きびすを返そうとした結寿を、道三郎は引き止めた。

「ムジナの一件では遅れをとったが、今度こそ負けられぬ。拙者が先に女を見つけたら、そのときは四の五の言わずに弟子にしてくれと、さようご隠居に伝えてくれ」

道三郎の片頬にきゅっとえくぼが浮かんだ。

「妻木さまったら。さようなことを申せば、お祖父さまも負けてはならじとばかり、お顔を真っ赤にして駆けまわりますよ」

結寿は忍び笑いをもらした。

「それが狙いよ。なんとしてもややこを見つけねば、あの親父の首が飛ぶ」

道三郎は一転、真顔になった。

そのとおりだ、ぐずぐずしている暇はない。

「なにとぞよろしゅう」

「うむ、なんぞわかったら知らせる」

結寿は路地の奥の空き地へ、道三郎は表通りへ、二人は反対方向へ足を速めた。

三

その夕、仕事を終えた傳蔵が離れへやって来た。

「ややこがどうなったか、生きた心地もしませんでした」

相変わらず血の気の失せた顔である。

「お内儀《かみ》さんやもとちゃんはどうしていますか」

「心配させてもなんですので、詳しいことは……。それよりご隠居さまは……」

「まだ戻りませぬ」

目の敵にしている町方同心にけしかけられて、よほど発奮したのだろう。幸左衛門は隠居の身分を返上し、百介を引き連れて旗本屋敷へ乗り込んだ。自ら陣頭指揮をとっているはずだ。

「たみさんという乳母ですが……」

結寿は改めて水を向けた。動転しているときは忘れていても、時が経ったら思い出すこともある。

「へい、二十七の亭主持ちで」

「どのようなお人でしたか」

「顔は十人並、なりは粗末でしたがこざっぱりとして、いかにも丈夫そうで、気だてもよさそうでした」

名前と歳は本人が言ったことだから鵜呑《うの》みにはできないが、といって、まんざら嘘《うそ》とも思えなかった。

「おたみさんとはこれがはじめてのおつき合いではありません。最初に乳母の口を探しにきたのは七、八年前でしたか。そのときは人別帳も拝見しましたし、名主の書き付けも持っておりました」

武家が相手なので、傳蔵も身元には気を配る。女は素性もたしかだったし、働きぶりも申し分なく、雇い主の評判も上々だった。つつがなく年季を終え、今度は女中奉公に出た。年季が明け、しばらく顔を見せなかったが、そのうちにまた乳母になりたいと言ってきた。初顔ではなし、これまで問題を起こしたこともない。奉公先もすんなり決まり、このときも年季を無事終えて、惜しまれながら去って行った。

「ということは、乳母勤めは今度で三度目なのですね」

「いいえ、四度で」

「まァ」

結寿は目をみはった。

「でしたら、たみさんは少なくとも四度、お子を産んだのですか」

「へい、そういうことになりますかね」

「ご自分のお子たちはどうしたのでしょう」

四人とも死産だったのか。もし生きているとしたら、いくら給金のためとはいえ、我が子に与えるべき乳を他人の子に与える心中はいかばかりだったか。

「ご亭主は小間物を商っているのですね」

「そう聞いたなァたしかですが、相すみません、そいつは七、八年前の話で……。住まいがとうに変わってるってんなら、商いも替わっているかもしれません」

傳蔵は身を縮めた。盛大に鼻をすする。

「山内さまの御子さまにもしものことがあったら、あっしは生きちゃあおれません。お嬢さま、いったいどうすりゃいいんでしょう」

結寿のほうが訊きたいくらいだ。が、ここで弱気にはなれない。

「安心なさい。たみさんがややこに危害を加えるとは思えませせぬ」

「さようでしょうかね」

「さようですとも。拐かしならともかく、この一年、ややこの息災を祈り、慈しんで育てたのですよ。たみさんはややこが愛しくて、離れがたくて、それで連れて逃げたのでしょう」

励ますつもりで思ったとおりを口にすると、傳蔵ははっと顔を上げた。

「おっと、息災を祈ると言ゃァ……御札を持っておりました」

「御札？」

「へい。そいつが向島の木母寺の御札でして……」

昨年の今頃、出替わりを前に奉公先が決まった。礼を言いに来たとき、ふとしたはずみに落っことしたのだという。梅若忌で知られた寺なのですぐにわかった。

――梅若忌の大念仏ならあっしも嬶《かかあ》と行きました。

――あたしも毎年、行きますよ。梅若忌ではないけれど、つい先日も、和尚《おしょう》さまがあたしのややこのためにお経を読んでくださったんです。

——そんならお子さんはお亡くなりになったんで……。

——ええ、まァ……。

——よいご供養をなさった。後世《ごせ》がよろしゅうございますよ。

客は入れ代わり立ち代わりやって来る。なのになぜ、一年前のなんということもない、たみとのやりとりが心に残っていたのか。

「小網町に住んでるのに向島の寺でややこの供養をしたってェのが、いま思えば、妙に思えたんでしょう」

二人は顔を見合わせた。

「木母寺の近くに住んでいるのではありませぬか、少なくともここ何年かは」

「和尚さまなら、おたみさんの居所がおわかりかもしれません……」

「傳蔵さん、行ってみましょう」

「けど……今からだと夜になっちまいますよ」

「ややこの命がかかっているのです。とやこう言ってはいられませぬ」

「へい、さいで……ですがお嬢さま、ご隠居さまに知らせをやってからのほうが、よかありませんかね」

傳蔵の不安はもっともだが、結寿は首を横に振った。

「言わずに行きましょう。お内儀さんにあとを頼んで、一刻も早く」

「へ、へいッ」

幸左衛門に知らせをやれば余計な心配をさせる。そればかりか、火盗改方の武士がぞろぞろあとを追いかけて来るかもしれない。たみが見つかったらどうなるか。理由はどうあれ、即刻引き立てられ、詮議《せんぎ》もそこそこに厳しい処罰が下されるにちがいない。速攻即決、加えて容赦のない裁きが火盗改の身上だった。町方に押され気味の昨今、大げさに手柄を吹聴するためにも、たみを大悪党に仕立てるのは目に見えている。

ていにいきさつを話すと、気丈な女房は大急ぎで夕餉をととのえた。

「腹ごしらえだけは怠りなく」

あとのことはお任せを、と胸を叩いたのは、名案があるからだろう。騒動の最中である。とばっちりがかからぬよう、「お嬢さまは亭主を供に連れてご実家へ泊まりに行かれました」とでも言えば、幸左衛門も文句は言えない。

「今ならまだ船に間に合います」

「船頭と話さえつけば、なァに向島なんざひと息でさあ」

あわただしく湯漬けをかき込んで、二人は飛びだした。

江戸は水運が発達している。麻布十番を下って一ノ橋へ出てしまえば、あとは船が目的地まで連れて行ってくれる。金杉橋から江戸湾を過《よ》ぎり、大川を遡《さかのぼ》れば向島だ。木母寺は大川の畔にあるので夜道を歩かずに済むし、田舎の無住寺とちがって宿坊も庫裏《くり》もあるから、事情を話せば泊めてもらえるはずである。

十番を下っているときだった。

「姉ちゃん」

と、聞き慣れた声がした。

「おやまァ、あとをつけて来たのですね」

結寿ににらまれ、小源太がへへへと首をすくめる。

「物見遊山じゃねえんだ。子供は足手まといだ。帰《け》ェれ帰ェれ」

傳蔵は目を三角にして追い払おうとした。が、小源太は追い払われなかった。

「人を呼びにやるとかサ、見張りをするとかサ、おいら、なんでもするよ。なァ父ちゃん、連れて行ってよ」

「ここまで来てしまったのです。連れて行きましょう」

結寿が決断を下し、傳蔵はしぶしぶうなずいた。

勇ましいことを言っていた小源太は船に乗るや眠りこける。幼い寝顔に結寿と傳蔵はため息をついた。だがいざ向島の船着き場へ着くと、ぱちりと目を開ける。元気潑剌《はつらつ》、真っ先に船を降りたのは小童だった。

木母寺へたどり着いたときはとっぷり日が暮れていた。

「たみさんを探すのは明朝ですね」

「今夜のうちに、和尚さまから話を聞けるといいんですがね」

結寿は庫裏を訪ねて事情を話した。

「おや、はるばる麻布から……」

応対をした小坊主は目を丸くしたものの、さほど驚いた様子はなかった。とうにわかっていたとでもいうように、落ち着き払った顔で二人を奥座敷へ案内する。

「和尚さま、またお客人がおみえです」

小坊主は障子越しに声をかけた。

「お通ししなさい」

柔和な声が返ってきた。

小坊主は障子を開ける。

「妻木さまッ」

小柄な和尚より先に、道三郎の上背のある姿が目に飛び込んできた。

「ほう、結寿どのもここへたどり着かれたか」

「妻木さまこそ、どうして……」

まァお入りなさいと和尚がうながした。

結寿と傳蔵は座敷へ入って膝をそろえる。つづいて小源太が入ろうとすると、和尚が小坊主を呼び止めた。

「お小さい方に、あちらで甘いものでも差し上げたらどうかな。ほれ、檀家《だんか》からいただいた饅頭があったじゃろ」

そのひと言が功を奏した。一瞬ためらったものの、小坊主にうながされて、饅頭に目がない小源太は去って行く。

「さてと、今お話をうかがったとこじゃ」

和尚は三人を代わる代わる見比べた。

「おたみさんは先年、あれは寒い最中じゃったが、ここで子を産んだ。身重の体で行き倒れておったんじゃ。気の毒なことにお子は育たなんだが……」

「たみは亭主から逃げたのか」

「さよう。亭主というのがひどい男で、ややこを産むたびに取り上げ、どこぞへ里子に出してしもうたそうな。で、おたみさんは乳母をさせられた。我が子の世話をしていても一銭にもならぬが、他人の子に乳をやればたんまり給金がもらえる」

「そんな……」

初子は死産だった。小網町の長屋で所帯を持ち、亭主も小間物を商っていた頃である。たみは乳母の職を得、年季を勤め上げた。ところが、それに味をしめたのか、亭主は仕事を怠けるようになった。あげく悪い仲間とつるんで手慰みにふける。暮らしに困窮して、神田、浅草と住まいを転々とした。

二人目の子が生まれたとき、亭主は勝手に里子に出し、たみに乳母の年季奉公を強いた。三人目の子も同じく取り上げられた。身寄りのないたみは、それでも亭主から逃げようなどとは思いも寄らず、いつか亭主が元の亭主に戻ってくれることを祈って懸命に働いた。

けれど四人目の子を身籠《みご》もり、出産が近づいたとき、たみの心に怒りが湧《わ》いた。たみは決心した。今度という今度は取り上げられてなるものか……と。

「腹を痛めた我が子を奪われ、乳をやったややこととも年季が明ければ引き離される。たみさんは心底がまんがならなくなっていたのでしょうね」

結寿は眸を曇らせた。

「でも、妻木さまはどうしてここがわかったのですか」

「どこの長屋でも女たちが言っていた。たみは梅若忌の大念仏が近づくと妙にそわそわして、降るか晴れるか気にしていたという。自ら参詣に行く年もあり、行けない年もあったが、御札を後生大事にしていたらしい。亭主から逃げる、となれば、まず大川を渡ろうと考えるのではないか。身寄りも頼る者もない。しかも身重の女だ。川を渡れば、自ずと足はなじみの木母寺へ向かうはず……」

その昔、我が子を拐かされた母は物狂いとなって大川を渡った。が、探し当てた梅若丸はすでに死んでいた。

たみの四人目の子が死んでしまったのは、皮肉な宿命《さだめ》としか言いようがない。亭主から逃げた。もはや身籠もることはあるまい。赤子に死なれたたみの落胆はさぞや大きかったはずだ。再び大川を渡ってゆすら庵へ出向いたのは、傳蔵なら顔なじみだから、あれこれ訊かずに乳母の口を世話してくれるとわかっていたからだろう。たみは山内家のややこに我が子の幻を重ね、全身全霊で慈しんだのではないか。そうすることで悲しみを忘れようとした。ところが無情な別れがやって来た。

「たみさんがややこと別れがたかった気持ち、よくわかります」

結寿は目頭を押さえる。

「で、和尚さまはおたみさんの居所をご存じなんで……」

傳蔵が訊ねた。

「いいや。こたびはまだ参っておりません。じゃが梅若忌には必ず参るはず」

「悠長に待っていれば火盗改がやって来るぞ」

「梅若忌に詣《もう》でたところをお縄になるってェのも……むごすぎやしませんか」

「むろんです。その前になんとか住まいを見つけなければ」

とはいえ、たみの行方を知る手がかりはなかった。四人はしばし押し黙る。

「明朝から界隈を虱 潰《しらみつぶ》しに探してみよう」

「人手がご入り用でしたら僧どもをお使いくだされ」

「ややこを抱いて余所《よそ》からやって来た女……このあたりじゃあ目につくはずでサ」

「この近辺におるとはかぎらぬぞ」

「ご亭主からもお旗本家からも逃げているのです。大川を渡ったのはまちがいありませぬ。となれば、やはりこのあたりに身を潜めているはずです」

あれこれ言い合い、その夜は庫裏で宿を借りることになった。結寿は納戸脇の小部屋に、道三郎と傳蔵・小源太父子は茶の間の一隅に。

人の親の心は闇にあらねども
子を思ふ道に迷ひぬるかな

物狂いの母の台詞の中に、たしかそんな一節があったような……。

天井の暗がりを見つめながら、結寿はまだ見ぬ女に思いを馳《は》せた。

哀れな母も、罪の重さに耐えかねて、眠れぬ夜を過ごしているにちがいない。

四

夢か現《うつつ》か、雨音が聞こえる。

結寿は小さな手に揺り起こされた。

「姉ちゃん、お腹が痛いよォ」

小源太が泣きべそをかいている。いい気になって饅頭を食べ過ぎたのだろう。

結寿は身を起こした。

「父ちゃんてばサ、目を覚ましもしねェんだ。お武士《さむらい》さまもいやしねェし」

「妻木さま、どこへいらしたのかしら」

「知らねえや」

受け答えができるくらいだから、腹痛もひどくはないようだ。なじみのない寺の庫裏なので、真夜中にひとりで厠《かわや》へ行くのが怖いのだろう。

部屋の隅に置かれた行灯《あんどん》の火を手燭《てしょく》に移し、もう一方の手をつないで厠へ向かう。

やはり、雨だった。耳を澄まさなければわからないほどの秘《ひめ》やかな雨だ。

雨音に耳を傾けながら、小源太が厠から出てくるのを待つ。

けろりとした顔で出て来た小源太は、

「なァ、姉ちゃん……」

と、目玉をくるりとまわした。

「お化けがいたよ」

「え？」

結寿はどきりとした。

「厠の中に……」

「ちがうよ。板の隙間《すきま》からおもてが見えたんだ。白い着物を着た女の人が歩いて来て、すーっと消えちゃった」

ここはお寺だ。お寺にお化けは付き物だったが――。

「どんな女だったの。歳はいくつくらいでしたか。恰好は……」

「そんなことわかんないよ」

「ただすーっと現れてすーっと消えてしまったのね」

「うん。なんかサ、泣いてるみたいだった」

結寿は眉間にしわを寄せる。手をつないで歩きはじめたところで、小源太が思い出したように付け加えた。

「そういや、赤ん坊を抱いてたっけ」

結寿はぴたりと足を止めた。虚空をにらみつける。

「姉ちゃん、どうしたの」

結寿は小源太の顔を覗《のぞ》き込んだ。

「そのお化け、どっちへ行ったの」

「あっち」

「いいこと。部屋へ戻って、お父さんを起こしなさい。もし妻木さまが戻っていらしてたら、妻木さまもお起こしして、お化けの話をしてちょうだい」

「父ちゃんは起きないってば」

「鼻をつまめば起きますよ」

「お武士《さむらい》さまの鼻もつまむの」

「いいから二人にお化けの話をするの。わかったわね」

「姉ちゃんは……」

「お化け探し」

言うやいなや、結寿は小源太の手に手燭を押しつけ、引き戸を開けて雨の庭に下り立った。月がないので真っ暗闇だが、目が慣れれば、戸を立てまわした屋内より屋外のほうが歩きやすい。

庫裏の庭は、とりたてて庭らしい設《しつら》えがあるわけではなく、そのまま境内につながっている。小源太が指さした方角へ突き進むと、墓地があり、梅若丸の塚があった。

思ったとおりだ。

塚の前に、ややこを抱いた女がうずくまっていた。すすり泣きながら、南無阿弥陀仏、南無阿弥陀仏……と一心に念仏を唱えている。早世した我が子を悼《いた》んでいるのか。里子に出した子供たちの身を案じているのか。ぬれそぼった髪が頰に貼《は》りつき、仄白《ほのじろ》い顔はまさに物狂いの母そのもの、鬼気迫る光景である。

声をかけようとした。が、かけられぬまま、結寿は女を見つめている。

どのくらい雨に打たれていたか。

女がついと顔を上げた。ややこの寝顔に頰ずりをして、塚の前に下ろした。雨が顔にかからぬよう、おくるみをととのえる。ややこを置き去りにしてよろりと立ち上がり、おぼつかない足取りで歩きだした。

墓地の裏手の雑木林へ入ってゆく。

そっとあとをつけ、なにをするのかとうかがっていると、女は大木の前で足を止めた。しごきを引き抜き、頭上の枝に引っかける。

結寿は心の臓がひっくり返りそうになった。

たみは死ぬ気だ。衝動に駆られてややこをさらったものの、とうてい逃げ延びられぬと気づいたのだろう。人別帳に名がなければ職にも就けない。手形がなければどこへも行けない。女がひとり、生きて行くのは並大抵ではない。

死なせるわけにはいかない——。

結寿は拳をにぎりしめた。とはいえ相手は今、常人ではない。果たして引き止めたとして、聞く耳があろうか。揉《も》み合《あ》いになり、こちらが勝てばよいが、しくじれば死なせてしまう。

お祖父さまの指南を受けておけばよかった――。

悔やんだところで後の祭りである。

そのとき、ふっとひらめくものがあった。

梅若丸の母は我が子の幻を見る。そして、夜明けと共に悲嘆の淵から這い上がり、堅固な足取りで京の都へ帰って行く。

「母さま……」

結寿は秘やかな声で呼びかけた。

たみはびくりとした。呆《ほう》けたようにあたりを見まわす。

「母さま、お逢いしとうございました」

慎重に距離を保ち、木々の間を縫いながら、結寿はやさしく語りかけた。

たみは今や驚愕の表情を浮かべ、見え隠れする結寿の姿を追いかけている。その驚きの後ろには、安らぎともとれる穏やかな色があった。狂気か正気か。どちらでもあり、どちらでもないような、妖しく荘厳なひととき……。

雨だけが静かに降りそそいでいる。

「いずこにあっても母さま、わたくしは母さまのおそばにおります。ですからどうか、生きてくださいまし。都へお帰りくださいまし」

たみは憑《つ》かれたように片手を伸ばした。

結寿も片手を伸ばして、その手にふれようとした。と、そのとき、背後からぐいと引っぱられ、大木の後ろへ引き込まれる。

「妻木さま……」

「しッ。ようやった。あとは拙者が」

道三郎はたみに歩み寄った。何事もなかったかのように話しかける。

「どうした……具合でもわるうござるか」

羽織を脱いで女の肩にかけてやる。

たみは左右を見まわした。

「今、そこに……」

「ほう、梅若丸に逢われたか。雨夜にはよう出て参るそうだが……残念なことに、拙者はまだ逢《お》うたことがない」

「あなたさまは……」

「和尚の知り合いだ。庫裏に泊まっておる」

さァ庫裏へ戻ろうと当たり前の顔で言われて、たみもつられたように足を動かす。少し行ったところで、はっと振り向いた。

「塚にややこが……」

「おう、そなたも見たのか。捨て子ならとうに小坊主が拾うた。今頃は乳の出る女の家でぬくぬくと眠っておるはずじゃ」

「あの、ややこは……」

「よいよい、案ずるな。明日、聞き合わせれば、すぐに素性は知れる。そなたが気をまわすことはない」

たみの肩を抱きかかえるように、道三郎は庫裏の方角へ遠ざかって行く。

結寿は茫然と二人の後ろ姿を見送った。

「お見事なお手際で」

ふいに、声がした。

「傳蔵さんッ」

「ご隠居さまの十手捕り縄もさることながら、あのお武士《さむらい》さまのお裁きもなかなかのものでございます」

傳蔵はややこを抱いている。

「お裁き？」結寿は首をかしげた。「たみさんは火盗改に捕らわれずに済むのですか」

「へい、おそらく。妻木さまが和尚さまに頼んでおられました。たみさんを東慶寺《とうけいじ》へ送り込むようにと」

東慶寺は鎌倉の尼寺で、縁切り寺としても名高い。東慶寺へ駆け込み、修行を積めば、女のほうから亭主と離縁ができる。新たな人生にも踏み出せる。

「まァ、うれしいこと」

結寿はだれにともなく両手を合わせた。

もし、たみを先に見つけたのが火盗改なら、こうはいかない。たみの命はあったかどうか。

結寿は大木の枝からしごきを取りはずした。

「ほんの一瞬の、ちょっとした出来事が人の生き死にを左右するのですね。恐ろしいような気がします」

しごきを巻いてふところへ納める。

「それが持って生まれた運ということでしょう」

「さようですね。たみさんが御札を落とさなければ、傳蔵さんは梅若忌の話をしなかった。もしそうなら、傳蔵さんはこのお寺を思いだすこともなく、わたくしたちもここへは来ませんでした」

「そういうことなら、あっしが倅を追い返していたら、倅はここにはいなかったわけで……」

「あの子が腹痛を起こしてくれたお陰で、お化けが見つかったのですものね」

二人は笑みを交わし合った。

「おっと、庫裏へ戻りましょう。お嬢さまにお風邪をひかせちゃ婢に叱られる」

涙雨が降りつづいている。糸のように細く、やさしく……。

ふいに赤子が泣き出して、二人は小走りに駆け出した。

五

山桜桃の蕾がいっせいに開いた。

薄紅色の雲がぽっかり浮かんでいるようにも見え、その美しさといったらない。ゆすら庵を訪れる客も、路地へまわって眺めて行く。

「花曇りってェやつでさね」

茶の間の縁側に寝そべって、百介が大あくびをした。

「さァて、明日はどうなるか。お、あれは雨雲だ。てェことは、やっぱし梅若忌は雨になるってェことか」

結寿も空を見上げた。

「先だっての話は取り消します。降っても晴れても遠出はなし」

「おや、どういう風の吹きまわしで……」

「十五日は祥雲寺の御不動さまの縁日ですもの」

祥雲寺は麻布広尾町にある溝口家ゆかりの寺だ。が、それは口実。結寿と傳蔵が向島の木母寺へ出かけたことは、幸左衛門も百介も知らずじまいだった。余計なことを言えば心配させるだけだ。うっかり梅若忌の大念仏などに出かけてぼろが出れば、幸左衛門のこと、腹を立てるにちがいない。

それでなくてもこの数日、幸左衛門はいつにも増して不機嫌だった。拐かしの一件で、道三郎に先手を取られたためである。

今回は火盗改が遅れをとった。

——約束どおり、拙者を弟子にしていただきたい。

事件が落着したあと、道三郎は意気揚々とやって来た。

——わしは約束なんぞしておらぬぞ。

——伝言を受けられたのだ、承諾されたも同様にござる。

そこまでは道三郎が優勢だった。ところが——。

——待て待て。ややこを探し出したは、なるほど、お手前の手柄だ。じゃが、下手人を逃したはお手前のしくじり。乳母の行方は杳《よう》として知れぬ。ということはこの勝負、なかったも同然ではないか。

とかなんとか屁理屈《へりくつ》をこねて、幸左衛門は道三郎を追い返してしまった。

——よほど嫌われたものよ。

狸穴坂の上り口まで見送った結寿にぼやくことしきり。だが、その目にはおどけた色があった。

――ま、これも一興。ご隠居も拙者も、長年の確執を背負っておるゆえの。

――戦はまだはじまったばかりです。どうぞ、ご存分に戦ってくださいまし。

――むろんだ。相手に不足はない。今度こそ、参ったと言わせてやるぞ。

二人は声を立てて笑った……。

ゆらゆらと坂を上ってゆく背中を見つめていたのは、つい今しがたのことだ。結寿は思い出し笑いをもらした。

「なにかよいことでも……。おっと、ぽつりと落ちて来たようで」

百介が手のひらを突きだした。

春の雨。ぬれることなど、道三郎はものともしないだろう。そしてたみも、雨を見て、木母寺の夜を思い出しているはずだ。正気に戻って、稚拙な芝居にひっかかった己に苦笑しているか。それともいまだ物狂いに取りつかれ、幻の我が子を追い求めているのか。いずれにせよ、命を救ってくれた道三郎と木母寺の和尚に両手を合わせているにちがいない。

ぼんやり考えていると、幸左衛門の怒声が響きわたった。弟子のだれかが居眠りでもしていたのだろう。

「百介、どこにおる？　おい百介ッ」

つづいて忙《せわ》しく呼び立てる声。

「ほら、お呼びですよ。行っておあげなさい」

「まったく、なんだって二六時中がみがみと……」

百介は大仰に肩をすくめた。のろのろと起き上がる。

「さァ早く、お祖父さまがお待ちかねですよ。百介さんがいなければ、夜も日も明けないんだから」

「ヘッ、こちとら、とんだ災難でさァね」

文句を言いながらも、まんざらでもなさそうな顔である。

「鬼棲む里の果てまでも、お前と一緒に暮らすなら、なんの厭《いと》おう、厭やせぬ」

歌舞伎の名場面、「隅田川続俤《すみだがわごにちのおもかげ》」の法界坊《ほうかいぼう》の台詞を剽軽《ひょうきん》な声で謡いながら、百介は出て行った。すると、待っていたように雨足が強まる。

山桜桃は薄紅色から濃紅に……。

結寿は縁へ出て、艶《つや》めきを増した雨の庭に見惚《みほ》れた。

割れ鍋のふた

一

くらやみ坂はその名のとおり昼でも暗い。

鬱蒼と生い茂る樹木が初夏の陽光を阻《はば》んでいる。

「相すみませぬ。ご迷惑をおかけします」

火盗改方の同心、奥津貞之進は足を止め、遅れがちな結寿《ゆず》の歩みを気づかった。

坂だらけの麻布で生まれ育った結寿である。急な上りなどものともしないが、この日はかたばみ模様の小紋と黒繻子《くろじゅす》の帯に合わせて、黒びろうど張りの草履を履いている。捕り方指南役の結寿の祖父、溝口幸左衛門に鍛えられている若者の早足には適わない。

「迷惑なものですか。それよりわたくしでお役に立てればよいのですが……」

「話を聞いてやってください。身内には話しづらいことも、結寿どのになら話す気になるやもしれませぬ。なにしろ姉はあのとおりの口べたですから……」

御賄吟味《おんまかないぎんみ》役の妻となった貞之進の姉、佐代《さよ》が今朝、実家へやって来た。何か話があったようだが、出がけで忙しくしていたせいか、遠慮をして何も言わずに帰ってしまったという。そこで姉の身を案じた貞之進に頼まれ、結寿が佐代の婚家へ出向くことになったのである。

「佐代さまが嫁がれたのはおととしでしたね」

「あの節は結寿どのにも世話になりました」

「わたくしはまだ子供でしたし、ただうっとりと眺めていただけでしたわ」

くらやみ坂を上りきると三叉路へ出る。二人はそこから狸坂を下った。御賄方の組屋敷はこの先にある。

「ほんにおきれいでしたね、佐代さまは」

結寿も祝言に招かれた。奥津家にとって結寿は上役の娘だから、花嫁のそばについていただけだ。

十九の花嫁はたしかに美しかった。けれど寂しげにも見えた。結寿はその日、佐代が何度もため息をもらしたのを覚えている。

「お幸せにお暮らしとうかがっておりました」

「そのはずです。小幡藤十郎《おばたとうじゅうろう》どのは、歳こそ離れていますが、真面目で浮ついたところのない、お役目一筋のお人ですから」

結寿は、祝言の日に挨拶をした佐代の夫を思い起こした。角張った顔はいかにも堅物に見えた、が、冷徹な印象はなかった。むしろ見かけとは裏腹に、ちらりと見せた照れくさそうな表情に温かなものを感じた。

御賄吟味役は五十俵二人扶持《ぶち》で、三十俵三人扶持の奥津家とは釣り合いのとれた縁組みである。少なくとも火盗改のような荒っぽさはない。控えめで人見知りの佐代には願ってもない縁談に思えた。

「帰り道は下僕に送らせるよう申しつけておきます」

それがしはこれで、と、貞之進は小幡家の玄関で頭を下げた。仕事がまだ残っていると言い訳をして、忙しげに帰って行く。女同士のほうがいいと気を利かせたのだろう。

「まァ、結寿さま。お久しゅうございます」

佐代は三つ指をついて結寿を迎えた。

「かようなむさくるしいところへお越しいただいて……」

「そんなに畏《かしこ》まらないでくださいな。小さい頃からよく遊んでいただいた佐代さまは、わたくしにとって姉さま同然ですもの」

客間へ通され、結寿はあらためて佐代と向き合った。

やはり、佐代は生気がなかった。眠れなかったのか目の下が黒ずんで、唇も青ざめている。どことなく着物の着方がしどけないのも潔癖な佐代らしくない。

「貞之進さまが案じておられましたよ。いったい何があったのですか」

雑談からはじめる気にはなれず、結寿は単刀直入に切り出した。

佐代は当惑したように、いや、むしろ問いただしてくれる相手を得て安堵《あんど》したように、深々と息をついた。

「わたくし、大変なことをしてしまったのです」

「と、おっしゃいますと……」

「旦那さまが大切にしておられた短冊を盗まれました」

佐代は床の間へ目をやった。

結寿も掛け軸を眺める。

郭公《ほととぎす》鳴《なく》や湖水のさゝにごり

掛け軸におさまっているのは句に郭公の墨絵が添えられた短冊で、古色蒼然としているところを見ると著名な俳諧師の手になるものだろう。

佐代は目を結寿に戻し、ためらいがちに話しはじめた。

昨日、表具師を称する初老の男がやって来た。当主の藤十郎にかねてより頼まれていたとやら、近所へ来たついでに古くなった掛け軸や書・短冊の類を繕いに参ったのだと、まことしやかな顔で言う。

「人品いやしからず、口跡も流れるようで……」

夫からは何も聞いていなかったが、柔和な笑顔にほだされて、佐代は追い返すきっかけを失った。糊や刷毛を並べ、一枚の紙にさらさらと見事な文字を書いて見せる頃には、佐代は源五兵衛《げんごべえ》と名乗るこの男を信用していた。

藤十郎は俳諧が唯一の趣味である。日々の暮らしはつましいが、父祖伝来の短冊には由緒ある逸品もあって、小幡家の家宝として大切にしていた。

佐代は納戸の長持から短冊と掛け軸の入った箱を取ってきた。源五兵衛は「ほう、これは見事な……其角《きかく》翁の手跡ですかな」などとつぶやきながら一葉ずつためつすがめつして、慣れた手つきではがれかけた縁を糊付けしたり、裏側のしみをこすったりしてゆく。

——すまぬが、白湯《さゆ》を一杯、恵んではいただけませぬか。

言われて席を立ったのは一度だけ。

数をたしかめ、元どおり重ねて箱へ納めた。

中の数葉、それも値打ちのある短冊が偽物にすり替わっていることに気づいたのは、老人が帰って、箱を長持へ戻そうとしたときだった。今一度蓋を開け、ほんに上手に繕うものだと重ねた下を見ているうちにはっと気づいた。まあ綺麗《きれい》な……と思ったいくつかはあきらかに偽物だった。あらかじめ持参した短冊に、源五兵衛がその場で筆跡をまねて書き写したものだろう。それとて見事なものではあったが……。

佐代は青くなって門前へ駆けて行った。左右を眺めたが、すでに老人の姿はない。下僕を呼びつけてあとを追わせたが、これも徒労に終わった。

「ご主人はなんと仰せですか」

結寿は訊ねた。

佐代はうなだれた。

「旦那さまには……まだ、申し上げておりませぬ」

「そんな……」

「隠し通せぬことは承知しております。昨夜、お詫びいたすつもりでおりましたが、旦那さまはこのところ何かお悩みでもおありか、むずかしいお顔をなさっておられましたので……」

「それで貞之進さまのところへいらしたのですね」

「ええ。ですが貞之進は火盗改です。打ち明ければ似非《えせ》表具師を捕らえようとするでしょう。わたくしとて取り返してほしゅうはございますが、旦那さまの留守に妻女が見も知らぬ者を家へ上げた、などと失態が世に知れ渡れば、かえってご家名を傷つけることになるやもしれず……」

つまり、佐代はどうしてよいかわからず困惑しているのだった。

「大切な家宝を盗まれたはわたくしの落ち度、離縁はもとより、死んでお詫びをいたさねばと覚悟も決めております」

思い詰めた顔で言うのを聞いて、結寿は仰天した。

家宝とはいえ、たかが短冊である。なにより結寿は、過ちを夫に話せなかったという佐代の言葉が気にかかった。

「ご夫婦ではありませぬか、まずはご主人に相談なさいませ」

熱心に言う。

「夫婦と申しましても、わたくしどもは……」

佐代はすっと目を逸らせた。

「わたくし、旦那さまのお心がわかりませぬ」

「嫁いで二年では、どこもそんなものかもしれませぬよ。共に暮らすうちに、夫婦は相《あい》和《わ》してくると言いますから……」

「さようでしょうか」

日頃は無口でもの静かな佐代が、強い口調で言い返した。

結寿はたじろいだ。嫁入り前の身ではえらそうなことは言えない。

「旦那さまは、わたくしがお嫌いなのです」

佐代は思い詰めた顔でつづけた。

「なにゆえさようなことがわかるのですか。なにか、あったのですか」

「いいえ。でもわかります。旦那さまはいつも上の空で、わたくしの顔をまともに見ようとはなさいませぬ」

「お忙しいのでしょう。父が、いえ祖父もそうでしたもの。お役目が繁多になると、我が家では皆、腫《は》れ物《もの》にさわるようでした」

武家なら多かれ少なかれ似たようなものではないか。家長たる男は家人の機嫌をとったりしない。

だが佐代は「そうではありませぬ」と首を横に振った。

「旦那さまは気づいておられるのです。わたくしに想うお人がいたことを……。わたくしがいやいやながら嫁いできた、ということを」

はじめは短冊を盗まれた話だった。が、今や思いも寄らぬところへ転がっている。

「あのう……佐代さまはその……想うておられたというお人を今もまだ……」

狼狽《ろうばい》しながらも、結寿は訊かずにはいられなかった。

「めっそうもございませぬ。もともと秘かにお慕いしていただけなのです。嫁いでしばらくは苦しい思いをいたしましたが、今ではもう思い出すこともありませぬ」

「でしたらもう……」

「旦那さまは、わたくしを冷たい女子《おなご》と思うておられましょう」

「それならなおのこと、話してごらんなさいまし。短冊のことも、佐代さまのお気持ちが変わられたことも」

「できませんわ、そのようなこと」

佐代は唇を嚙みしめている。

なんと言ってよいかわからなかった。ともあれ、短冊についてはお任せくださいと請け合う。そうでも言わなければ、佐代がなにをしでかすか心配だった。

「佐代さまが早まったことをなされば、小幡家ばかりか、ご実家の奥津家にも災いが及びましょう。そのことだけはお忘れなきように……」

くれぐれも言い置いて小幡家をあとにする。

送って行くという下僕の申し出を断って、結寿は狸坂をゆるゆると上った。歩きながら、小幡藤十郎の朴訥《ぼくとつ》とした顔を思い浮かべる。

他の男への片恋を秘めたまま嫁いできた妻は、それでなくても人見知りがはげしい。一方の藤十郎も口が重いというから、新妻と心を割って話すなどという芸当はできそうになかった。そんな夫婦が、小さな齟齬《そご》を修復できず、次第に溝を深めてゆく。世間にはよくあることかもしれない。

短冊なら糊で綻《ほころ》びを直せる。でも夫婦は――。

いったん三叉路に出て、今度はくらやみ坂を下る。

佐代も小暗い急坂に迷い込んでいるのかもしれない。どうしたら抜け出せるのか。

源五兵衛と名乗った似非表具師を捕らえ、短冊を取り戻すしかない。

狸穴町の我が家へ帰り着くや、結寿は百介を呼び立てた。

「百介。急いで使いに行っておくれ」

二

妻木道三郎は町方である。確かめたことはないが隠密廻りだろう……というところまでは推測できるが、住まいは知らない。

南北奉行所を訪ね、道三郎を探して文を届けるように、と申しつけると、百介は不服そうな顔になった。

「町方ってェやつが、あっしは大嫌ェで……」

「大事な用があるのです。つべこべ言わずにお行きなさい」

「お嬢さま、もしや町方なんぞに恋文を渡すおつもりじゃあ……」

「馬鹿なこと言わないで。恋文なら奉行所へなぞ届けるものですか」

「その奉行所ってェやつが、あっしは大の苦手なんで……門前に立っただけでふるえがきちまうんでございます」

「それはおまえにうしろめたいことがあるからでしょ」

ああだこうだ言いながらも、結寿から似非表具師の話を聞き出した百介は文をふところへしまう。

「源五兵衛どこへゆく薩摩《さつま》の山へェ、高い山から谷底見ればァ、お万可愛いや布さらすゥ、エ、源五兵衛……」

俗謡の「源五兵衛節」など口ずさみながら、百介は出かけて行った。

似非表具師を探すなら、火盗改より町方に頼むほうが早い。佐代から聞いた源五兵衛の手際のよさからして、はじめての悪事とは思えなかった。これまでも詐欺まがいの事件を起こしているはずだ。道三郎の耳にも聞こえているかもしれない。

源五兵衛は人品骨柄卑しからず、口達者で話術が巧みとやら。書や俳諧に詳しく達筆、となればただ者ではなさそうである。何者か。好奇心はいやが上にも高まる。

「よォ、姉ちゃん。なにボサッとしてんのサ」

百介を見送り、落ち着かぬまま門前に佇《たたず》んでいると、小源太が駆けて来た。

「ちょっとね、人を待ってるの」

「わかった。あのお武家さまだろう。姉ちゃんもついにほの字ってわけか」

「なに言ってるのよ。わたしが待ってるのは……」

「ほォら赤くなった。いいっていいって。姉ちゃんのおっかない爺《じっ》つぁまには内緒にしといてやるよ」

「ちがうってば、まったくもう……」

拳を振り上げたとき、家の中からその怖い爺つぁまの大声が聞こえた。

幸左衛門は茶飲み友達の弓削田宗仙と碁に興じているはずだが、茶菓でも欲しくなったのか。百介、百介と呼び立てている。

「はァい」と代わりに返事をして、結寿はあわてて家の中へ戻って行った。


「百介はどうした」

茶菓を運んで行くと、幸左衛門が碁を打つ手を休めて探るような目を向けてきた。

苛ついている幸左衛門と余裕の笑みを浮かべている宗仙を見れば、勝負の行方は知れている。

「買い忘れたものがありましたので、使いに出しました」

幸左衛門は鼻を鳴らした。

「そうじゃ。さっき奥津貞之進が参ったぞ。御賄方でなんぞ問題になっていることはござりませぬかと聞きにのう」

貞之進は、姉の軽はずみで短冊が盗まれたとは——ましてや夫婦仲がしっくりいっていないなどとは思いも寄らず、義兄がお役目でなにか問題を抱えているのではないかと考えたのだろう。

「お祖父さまは地獄耳ですものね」

問題はそんなことではないとわかっていたが、結寿は幸左衛門に調子を合わせることにした。

ところが——。

「問題は大ありだ」

言われて、結寿は目をみはる。

「御賄改役のだれぞが粗相をした。御賄頭の叱責を買い、御賄吟味役も右往左往しておるらしい」

「粗相とはどのような……」

「吉原の女子に入れあげたそうな。遊ぶ銭を御用達の商人に貢がせておった」

「おやまァ」

「貞之進は義兄が、なんと言うたか……そうそう小幡藤十郎と申したの……その義兄が吟味役ゆえ、ひどく案じておった」

では、藤十郎がむずかしい顔をしていたというのは、お役目上で問題があったせいだったのか。御賄吟味役は御賄改役の上役である。

「それでは小幡さまにもお咎めがあるのでしょうか」

「いや、それはなかろう。たいした粗相ではない。改役当人の謹慎で済むはずじゃ」

結寿は胸を撫《な》で下ろした。

だが、安埒はすぐさま新たな心配にとって代わる。夫はお役目上の問題で鬱々としている。妻は短冊を盗まれた一件で悩み抜いている。ところが夫婦は互いの胸の内を知らず、打ち明けることも慰め合うこともできない。

夫婦は二世《にせ》の縁、手を取り合って生きてこそ夫婦なのに……。

そんな綺麗事は、未婚の娘の幻想に過ぎないのか。

佐代の青ざめた顔を思い起こして、結寿はため息をついた。

三

狸穴町から麻布十番の通りを下ると、右手に馬場がある。

御先手組与力の家に生まれた結寿は、子供の頃、父や祖父にせがんで、よく馬場へ連れて行ってもらった。目を輝かせて馬を見つめている少女に、

――ようも飽きずに眺めておるものよ。

父も祖父もあきれていたものだ。

「そうか。さように馬がお好きか」

妻木道三郎は苦笑した。

「妻木さまはお嫌いですか」

「好きも嫌いも、拙者は馬に乗れる身分ではないゆえの」

結寿ははっと首をすくめる。

「そんな顔をせずともようござる。鼠を捕まえるに馬は無用」

「鼠……」

「こたびの鼠は書や短冊が好物らしい」

百介に文を届けさせた翌々日、道三郎が経過報告にやって来た。幸左衛門は運よく百介を連れて知人の家へ出かけていた。が、いつ戻って来るかもしれない。どこへという当てはないが、二人は十番を下って馬場までやって来たところだ。

「なにかわかったのですか」

馬場のまわりをそぞろ歩いて、竹長稲荷へ立ち寄る。馬場の東隣の馬場丁にあるのが馬場丁稲荷、西方の長坂町にあるのが竹長稲荷で、境内はこちらの方が広い。だが参拝者の姿はなかった。初夏の陽射しが降り注ぐ中、近所の小童《こわっぱ》どもが追いかけっこをしている。

「似たような事件が何件か起こっていた。いずれもたいした被害ではない。が、稀覯本《きこうぼん》やら掛け軸やら短冊やら、やはり表具師が繕ったあとで偽物にすり替えられておったそうな。武家の被害まで加えれば、けっこうな数に上るやもしれぬ」

体裁を重んじる武家は、掛け軸をすり替えられたくらいでは届出を出さない。実態はつかめそうにない。

「源五兵衛とは何者か、正体はまだわからぬのですね」

「さよう、わからぬ。源五兵衛も偽名だろう。あるときは半九郎だったり清十郎だったり、かと思えば権八だったり、そのたびにちがう。しかも江戸市中、どこへでも神出鬼没で、いったいいずこがねぐらやら……」

丸一日しか経っていないのだ。そこまでわかっただけでも御《おん》の字だろう。

「お手数をおかけします」

頭を下げようとして、結寿ははっと目を上げた。

「その偽名ですが……」

「なにか」

「お万に源五兵衛、お染に半九郎、お夏に清十郎、権八は小紫……みな恋の道行の主人公ですね」

「ほう、そういえば……」

あえて道行の片割れの名ばかり使ったのは、なにかわけがあるのだろうか。

「少なくとも源五兵衛は、浄瑠璃《じょうるり》や歌舞伎にも通じた粋人ですね」

「しかも器用で達筆、人を逸らさぬ巧みな話術……」

「身にそなわった風格があり、そのくせなんとも愛嬌《あいきょう》がありますそうで」

二人は顔を見合わせる。

ともあれ……と、道三郎は目元を和らげた。

「結寿どのが拙者を思い出してくれるとは、うれしゅうござるの」

結寿は耳たぶを染めた。

「だって、妻木さまは失せ物探しがお上手ですもの」

そもそも二人の出会いは、狸穴坂のムジナ探しだった。ムジナ、ややこ、そして今度は似非表具師……。泰平がつづき、日々はのどかに流れているかに見える。だがそれは表層だけのこと。人の世は奇々怪々、一皮むけばなにが転がり出るか。

結寿は佐代と藤十郎夫婦を思った。

「さて、こうしてもおれぬ。再び探索に出向くとするか」

「よろしゅうお願い申します」

せっかく来たからとそろって参拝をして稲荷社を出る。馬場をぐるりとまわって麻布十番の通りへ出ようとしたところで、二人は棒立ちになった。

一ノ橋の方から近づいて来たのは――。

猛り狂う馬のごとき幸左衛門。

引き返すのはもはや手遅れだ。

「かようなところでなにをしておる」

大音声《だいおんじょう》に、通りすがりの小僧っ子が驚いて逃げてゆく。

「天気がよいゆえ少々散策など……」

結寿が口を開く前に道三郎が答えた。屈託のないその口ぶりが火に油を注いだのか。

幸左衛門は最後まで言わせなかった。

「町方同心が、許しもなくわしの娘を連れ出したと申すか」

「お祖父さま。わたくしが勝手について参ったのです」

幸左衛門は孫娘をにらみつける。

「いや、お呼び立ていたしたはそれがしで……」

「いいえ、わたくしです」

「ううぬ。どちらでもよいわ。火盗改の娘が町方と出歩くとはけしからぬ」

結寿は果敢にも幸左衛門に詰め寄った。

「お祖父さまは、なにゆえ、さように妻木さまを毛嫌いなさるのですか」

「このところ町方に手柄をさらわれておるゆえ、ご隠居は逆恨みをされておるのでござろう」

道三郎がしゃらりと口をはさむ。

「な、な、なんと……今一度言うてみい」

まァまァまァと割って入ったのは百介だった。

「こたびのことは、あっしがお嬢さまにお願いいたしましたんで、へい」

百介が思わぬことを言い出したので、三人はけげんな顔になった。

「どういうことじゃ」

「どういうことですか」

幸左衛門と結寿が同時に訊き返す。

「お嬢さまから小幡家の災難をお聞きして、つらつら考えたんでございますがね……人好きのする似非表具師、歳の頃は五十いくつ、中肉中背の男前、しかも名が源五兵衛、とくりゃあこいつはもしや……。思い当たるフシがありましたんで、それでお嬢さまに申し上げて、こちらの妻木さまにお話ししていただくことになったんでございます」

百介は結寿に目くばせをした。

「小幡家の災難……なんじゃそれは」

「思い当たるフシとはどのような……」

今度は幸左衛門と道三郎が同時に声を発する。

注目が一身に集まったので、百介は小鼻をひくつかせながらもったいぶって一同を見渡した。

「あっしの昔なじみに伝兵衛ってェ野郎がおりやした」

そりゃ聞こえませぬ伝兵衛さん……と歌舞伎の名台詞を前置きに、身振り手振りも華々しく、おまけに節までつけて語りはじめたその話とは――。

百介が吉原で幇間《ほうかん》をしていた頃のことだ。伝兵衛も吉原にいた。歳は四十二、三。博学で和歌や俳諧をたしなむ。武士か学者のなれの果てだろうと噂する者もいたが、出自はだれも知らない。本名もわからず、伝兵衛というのは、祇園《ぎおん》の遊女と呉服商、井筒屋伝兵衛の恋物語「近頃河原達引《ちかごろかわらのたてひき》」のお俊《しゅん》・伝兵衛から拝借した通称であるそうな。

この男、吉原でなにをしていたかといえば、襖《ふすま》やら障子の貼り替えなどの貰《もら》い仕事をしながら、遊女の文の代筆などして重宝がられていたという。なにしろ人好きはするし、なかなかの色男だから、あっちの廓《くるわ》こっちの廓と引っ張りだこだった。

「それで、そやつはどうしておるのだ。まだ吉原におるのか」

「いえ、おりやせん」

伝兵衛は江戸町の廓の太夫《たゆう》と相思相愛の仲になった。

「お詞《ことば》無理とは思わねどォ、そも会いかかる初めよりィ、末の末まで言い交わしィ、互いに胸を明かし合いィ、何の遠慮も内証の、世話知られても恩に被《き》ぬ、ほんの女夫《めおと》と思うものォ……ってね」

中流の下の廓でも太夫は太夫である。身請けするには目が飛び出るほどの大金が要る。伝兵衛にそんな銭はない。手に手を取って逃げ出そうとしてつかまり、そのあとも心中するのしないのといった騒ぎが持ち上がり、すったもんだのあげく、どういうわけか女の足がするりと抜けた。

ひいきのお大尽《だいじん》が身請けの金を出してやったとか、廓のあるじが男気を見せたとか、さらには、伝兵衛が泥棒でもして大金をつくったのだろう、などという物騒な噂もあったが、これも真相はわからずじまい。吉原を沸かせた恋愛沙汰は、伝兵衛と太夫が夫婦になって去って行くという、めでたしめでたしで幕を下ろした。

「仲町の大通りを皆で手を振って送り出しやした、へい、こんなことはめったにねえことでして」

「めでたしはよいが、そのあとどこへ行ったか聞いてはおらぬか」

「ええと……たしか花川戸の長屋とか……」

「百介、ようやった」

糸口さえつかめれば足跡をたどれる。

「その伝兵衛とやらが源五兵衛で、似非表具師にちがいありませぬ」

喜色を浮かべる道三郎と結寿を後目《しりめ》に、幸左衛門は不審げな顔。話の発端がわからないのでこんぐらかっているのだ。

道三郎はもう、幸左衛門には目もくれなかった。

「さすれば拙者は早速、伝兵衛探しだ。ご隠居、ごめん」

あわただしく帰って行く。

「なんだ、あやつは……無礼なやつめ」

幸左衛門は後ろ姿をにらみつけた。

「お祖父さま、帰りましょ」

「さっぱりわけがわからぬ」

「あとできちんとお話しいたします」

「いいからいいから。旦那さまにはあっしがはしょって……」

「はしょってとはなんだ、はしょってとは」

「えー、その、ご老人にしちむずかしい話などしたところでどうせ……」

「なんだとォ、どさくさにまぎれてわしを馬鹿にする気かッ」

怒鳴られて百介は身をちぢめる。

三人はにぎやかに狸穴町の我が家へ帰って行った。

四

数日後、道三郎より知らせが届いた。伝兵衛が見つかったという。しかも目下の住まいが狸穴町とさほど離れていない長坂町の長屋と聞いて、結寿は目を瞬いた。

長坂町といえば馬場の西方、先日、道三郎とお詣りをした竹長稲荷のある町だ。

「こんな近くに住んでいたなんて……」

「まだあっしらが探してる伝兵衛と決まったわけじゃございやせんよ」

「そうでした。たとえ当人だったとしても、それが源五兵衛だとはかぎりませんね」

道三郎は百介に、こっそり人物あらためをしてもらいたいと言ってきた。家でじっと待ってはいられない。結寿も同行することにした。

「佐代さまにもお願いしてみましょう」

人見知りの佐代である。が、是が非でも短冊を取り戻したいと焦っている今、ふたつ返事で駆けつけるはずだ。佐代が源五兵衛だと認めれば、その場でお縄にできる。

「へいッ。そんならあっしがお呼びして参りましょう」

百介はすっ飛んでゆく。

結寿、道三郎、百介、佐代の四人は、竹長稲荷の社殿の前で一堂に会した。

「まァ、妻木さまったら……」

結寿は妻木のいでたちに目をみはった。手拭いで頬被りをして、背中に長細い箱を担いでいる。着物は尻はしょり、足は脚絆《きゃはん》に草鞋《わらじ》。隠密廻りはだれにでも化けると聞いてはいたが、どこから見ても煙草売りである。

「亭主は留守だが、待っていればじき帰って来るはずだ」

道三郎が様子を探ったところでは、女房に追い立てられて酒を買いに出かけたという。

「お客人でもあるのでしょうか」

「伝兵衛はたしか下戸《げこ》だったはずですがね……」

結寿と百介が首をかしげると、道三郎は苦笑した。

「飲むのは女房のほうだ」

「え？」

「こいつが大変な蟒蛇《うわばみ》女房で、午前はほとんど寝ている、昼日中から酒は飲む、家事はろくすっぽしない、洗い物まで亭主にやらせて、やれ肩を叩け足を揉め……その上、年がら年中、亭主に当たり散らしておるそうだ」

「おやまァ、お内儀《かみ》さんがご亭主に……」

佐代はあっけにとられている。

「お江戸の女子がきついのは、なにも今にはじまったこっちゃあございません。と申しましても、お武家さまはその類ではございませんが……」

百介は自分で言ってうなずいた。

「しかしそこまで我がまま放題なら、たしかに花扇《はなおうぎ》太夫でしょう。廓の主人も手を焼く莫連《ばくれん》と評判でしたから」

「花扇というのですか、伝兵衛のお内儀さんは……」

「今はくめと名乗っておる」

四人は長屋へ向かった。

木戸口に道三郎と佐代を残し、まずは結寿と百介が伝兵衛の家を訪ねる。

入口の引き戸は開いていた。中を覗くと、人の気配に気づいたのか、ひと間きりの座敷に寝そべって長煙管《ながぎせる》を使っていた女が蛇のように首を持ち上げた。

「おまえさんってばなにぐずぐずしてんのさ……」

言いかけて、けげんな顔になる。

「なんだい、あたしになにか用かえ」

結寿は一歩進み出た。あらかじめ手筈《てはず》は決めてある。

「伝兵衛さんに掛け軸の繕いを頼みたいと思いまして」

手前の板間に表具屋らしい道具の数々が所狭しと並んでいた。木戸の入口にも「表具屋伝兵衛」と貼り紙がしてあったから、仕事はちゃんとしているらしい。といっても、長屋や裏店《うらだな》連中が相手ではろくに稼げないので、銭に詰まると似非表具師に変貌して、荒稼ぎに走るのだろう。どう見ても暮らしぶりは貧しい。

客とわかると、おくめは大儀そうに起きてきた。

百介は結寿の背中へ隠れる。

「へェえ、どなたさまの紹介か知らないけど、お武家のお嬢さまのようですねえ、そりゃわざわざご苦労さまなこって……」

おくめは胡散臭《うさんくさ》そうに結寿を眺めまわした。

結寿も、おくめを観察する。

仮にもお職《しょく》を張った女だ。が、継ぎの当たった木綿物を着て、すり切れた帯を締め、艶《つや》のない髪を櫛巻《くしま》きにしたおくめからは、どう見ても吉原の太夫の姿は想像できなかった。不摂生が祟《たた》ったのだろう、血色のわるい顔はへちゃむくれて、おまけにこめかみに頭痛除けの飯粒を貼りつけている。

女は連れ添う相手で変わるというけれど……。

結寿の胸の内を読んだわけでもなかろうが、おくめは矢継ぎ早にしゃべり出した。

「まったくウチの宿六《やどろく》ときたら、いったいどこをうろついてやがるんだか。急いでお戻りよと言ったのに。あいつはいつだってぐずなのさ。まったく役立たずだったらありゃしない……」

口ぶりからして、おくめは伝兵衛の裏稼業には気づいていないようだ。伝兵衛は似非表具師に化けるとき、どこかでそれらしい装いに着替えるのではないか。

「お嬢さま、ここへお座んなさいよ」

板間の道具を爪先《つまさき》で押しのけて、おくめは結寿をうながした。

「おや、おまえさんは……」

そこで、おくめはようやく百介に気づいた。

「へい。あっしは百介と申しやす。昔は吉原で幇間をしておりやした」

ふうんと目を細めたものの、おくめは気にもかけなかった。

「そうか、それでどっかで見たような気がしたんだね。だったらおまえさんもウチの人のこと、知ってるだろ。あいつは吉原に居座って、このあたしをたぶらかしたんだ。あんときゃ大騒ぎになったんだから。ちょいとばかし色男で物知りだからって、とんだ食わせ者さ。見てごらんな。あいつのお陰で売《う》れっ妓《こ》太夫がこのザマだ……」

おくめは酒臭い息をしていた。堰《せき》を切ったように亭主の悪口を話し出すや、もう止まらない。

この女が、伝兵衛が命懸けの恋をしたという太夫のなれの果てとは……。

切れるの切れないの、いや、心中までしようと思い詰めた二人のはずだった。これでは伝兵衛のほうが、早まった、と後悔しているのではないか。

「ウチの宿六ときたら……」

おくめがなおも愚痴を言おうとしたときだった。

あわただしい足音がした。と思うや、佐代が顔を覗かせる。

「結寿さま、ちょっと……」

手招きをした。

結寿が歩み寄ると、佐代は耳元でささやいた。

「今しがた、あの男が……」

「で、やはり源五兵衛でしたの」

結寿も小声で訊き返した。

百介も駆け寄る。

「ええ。身なりはちがいますがたしかに。わたくしを見て卒倒しそうになりました。逃げたところで無駄と肚《はら》を括《くく》ったのでしょう。妻木さまに連れられて番所へ……」

女房に言わなくてよいのかと訊ねられて、どうか言わないでくれと伝兵衛は両手で拝んだという。どのみち隠し通せるわけではないが、おくめにはいっさいかかわりない、おくめは気弱だから心配をさせちゃあ可哀想だとがんばるので、とりあえずは伝兵衛一人を番所へ引き立てた。

番所は自身番とも呼ばれ、町内の自治や自衛のために設けられた小屋である。同心や岡っ引が容疑者に尋問をするときも利用する。

「それで、おくめさんにうまく取りつくろってくれと……」

そうは言っても、取りつくろう言葉が思いつかないのだろう。佐代は困惑顔でおくめの顔を見つめている。

おくめも、ただならぬ三人の様子に首をかしげていた。そもそも武家娘がこんな長屋へ訪ねて来るのがおかしい。その従者が顔見知りの幇間だったというのも出来すぎている。しかもそこへ、またもや武家の妻女がやって来た……。

自堕落でも、おくめは馬鹿ではなかった。

「ちょいと、ウチの人になにがあったんだい」

突然、大声を発した。

三人はぎくりと身を強《こわ》ばらせる。

「なにがあったかって訊いてるんだ。ウチの人はどこへ行ったんだい。どうしちまったのさ」

おくめは裸足のまま戸口へ突進した。目を怒らせ、三人につかみかからんばかりの荒々しさで問いただす。

「佐代さま、どうせわかることですから」

「そうですね、隠しても無駄ですね」

おっつけ番所から人が来るはずだ。一連の悪事におくめがかかわっていようがいまいが、一旦は引き立てられる。詮議《せんぎ》は免れない。

「あっしがお話しいたしやしょう」

百介が進み出た。これまでのいきさつを教える。

「それじゃあ、ウチの人が、悪事を働いたっていうのかい」

おくめは蒼白《そうはく》になった。

「お武家から短冊を盗んだって」

ガタガタとふるえ出す。

「おくめさんは知らなかったのですね」

「よほどお金に困っていたのでしょう」

佐代と結寿が口々に言うと、おくめは一、二歩あとずさりをした。

「ウチの人は……どうなるんですか」

さっきとは別人のようにか細い声で訊ねた。

「十両盗みゃあ首が飛ぶってェから……」

百介が答えた。

おくめはヒッと悲鳴を上げる。

今の今まで亭主の悪口雑言を言い立てていた。亭主が盗人だとわかったのだ。愛想も尽き果て、番所でもさんざん悪口を並べたて、自分ひとり助かろうとするはずだ。だれもがそう思った。

おくめはいきなり佐代の足元に這《は》い蹲《つくば》った。

「奥方さま、お許しください。ウチの人を助けてください。ウチの人はあたしのために……あたしにやいやい言われて、それで馬鹿なことをしでかしたんでございます。わるいのはあたしだ。ウチの人じゃない。お許しください。お許しください。あたしはウチの人がいなくちゃ生きていけないんでございます」

おくめの目に涙があふれた。拭おうともせず、おくめは土間に額をすりつけている。

唖然《あぜん》としている三人では埒《らち》が明かないと思ったのだろう、おくめは勢いよく立ち上がった。

「ああ、こうしちゃいられない。あの人を助け出さなくちゃ。そうだ、あの人がお白州に引き立てられるんなら、あたしだって……。ウチの人になにかあったら一緒に死んでやるッ」

気が狂《ふ》れたように叫んで、おくめは包丁に飛びつく。

「おくめさんッ、おやめなさいッ」

「お待ちなさい。ね、おくめさんてば」

「おい、待てってばよォ」

表へ飛び出したおくめのあとを、三人は泡を食って追いかけた。

五

「夫婦ってのは、他人にゃわからねェもので……」

縁側に寝そべって、百介がくるりと目玉をまわした。

庭の一角に紫陽花《あじさい》が咲き群れている。鮮やかな紫紅色は、綺羅《きら》を競う太夫のようだ。

「紫陽花は植える土によって花の色が変わるのだそうですよ。夫婦も似ていますね」

太夫から棟割長屋の女房へ。それをいうなら伝兵衛こそ、おくめを女房にしたばかりに悪事に手を染めた。人も住む場所で変わる。場所だけではない、男は女で、女は男で……。

結寿は幸左衛門の襦袢《じゅばん》を縫う手を止めて、小幡家の下僕が届けて来た小松屋のいくよ餅をつまんだ。餅の名の由来は、菓子屋の初代の女房にちなんだものとか。女房は幾世という太夫だったというのだが……。今ではあちこちにいくよ餅を売る店があるので、どこの店の初代か、結寿は知らない。

「しかしまァ、あの夫婦にはあきれました」

「ほんとうに」

結寿は百介に餅の入った器を押しやった。

おくめはあの日、血相を変えて番所へ乗り込んだ。書や短冊のすり替えは自分が亭主に無理やりやらせたことで、亭主はしかたなく従ったのだと涙ながらに訴えた。

伝兵衛も負けてはいなかった。女房はあずかり知らぬこと、早く自分をお縄にしてくれと言い立てる。二人は相手を助けようと自分だけが罪人だと言い張って譲らず、そのうちにつかみかからんばかりの言い合いになった。そのくせ自身番の番人である番太郎がやっとのことで引き分けようとしたとたん、ひしと抱き合って、おんおんと泣きはじめたのである。色男だったとはいえ今や初老の伝兵衛と、太夫だったとはいえ今は見る影もない長屋の女房と——その二人が人目もはばからず抱き合って泣く姿には、なにやら胸打つものがあった。

それは、佐代も同様だったようだ。

「短冊のこと、旦那さまに話してみます」

帰り道でぽつりとつぶやいた。藤十郎に頭を下げて、できれば伝兵衛の罪を少しでも軽くしてやりたいと思ったのだろう。

伝兵衛は、すり替え事件の主犯ではなかった。おくめを身請けする際に大金を用意してくれたのが古道具屋の庄左衛門で、この男が伝兵衛を似非表具師に仕立て、悪事を働かせていたという。だからといって伝兵衛の罪が軽くなるわけではなかろうが、道三郎が「案ずるな」と請け合ったところを見ると、所払いくらいで済むかもしれない。

「伝兵衛が所払いになれば、おくめもきっとついて行きますね」

「そりゃあもう。文句三昧《ざんまい》、亭主を罵倒《ばとう》しながらも、いそいそとついてくこってしょうよ。大事の夫の難儀ィ、命の際にふり捨ててェ、女子の道が立つものかァ。コレもうし、一緒に死なせてくださんせ……ってね」

「ふふふ、道端に座り込んで、足を揉め、なんて威張っているおくめの姿が目に見えるようですね」

「伝兵衛のやつ、目尻を下げて揉みほぐすにちがいありやせん」

二人は声を合わせて笑った。

ふたつ目のいくよ餅をつまんだところで、結寿は首をかしげる。

伝兵衛とおくめ夫婦はともかく、もう一組の夫婦はどうなっているのか。こちらは年季も浅い、鬱憤をぶつけ合うなどとうていできない夫婦である。

古道具屋がお縄になったので、小幡家の短冊も返ってきた。いくよ餅を届けてきたのはその御礼だから、短冊の一件は落着している。

けれど、小幡家の夫婦の場合は、これで終わったわけではなかった。問題はもっと別のところにある。

心を閉ざし合って日々亀裂を深めてゆく夫婦に、果たして救いはあるのだろうか。

明日、佐代さまを訪ねてみよう――。

餅を食べ終え、懐紙で指を拭って、結寿は縫いかけの襦袢を取り上げた。


くらやみ坂を上る。

三叉路に出るや、目の前がさァーと明るくなった。毎度のことながら、この三叉路に立つと、他のどこにいるときよりも太陽が身近に感じられる。

狸坂を下った。

「あら、結寿さま……」

玄関へ出て来た佐代は、先日とは打って変わって晴れやかな顔をしていた。

どうぞどうぞと手を引くように通されたのは、この前と同じ客間である。

床の間には空色の紫陽花が生けられ、掛け軸の短冊もそれに合わせて「紫陽花や帷子《かたびら》時《どき》の薄浅黄《うすあさぎ》」という芭蕉《ばしょう》の句に変わっている。

「祖父が大好物なのですよ」

まずはいくよ餅の御礼を述べた。

「こちらこそ、ほんにお世話になりました」

佐代もあらたまって両手をついた。

「今日の佐代さまは、お顔の色がようございますね」

なにかよいことがあったのかと訊ねると、佐代は嬉しそうにうなずく。

「あのあと、弟が話してくれました」

藤十郎がむずかしい顔をしていたのは、下役が粗相をしでかし、ごたごたがあったからだ……と。もしや夫にもお咎めが及ぶのではないか。佐代はにわかに心配になった。

「そのとき思い出したのです、おくめのことを」

あんなに亭主を悪しざまにこき下ろしていたのに、いざとなると、おくめは命懸けで亭主をかばおうとした。悪事を働いたと聞いても、亭主への想いは微動だにしなかった。

「わたくしもおくめとおなじでした。旦那さまに万が一のことがあるやもしれぬと聞かされたとたん、どれほど旦那さまを大切に思うていたか気づいたのです」

毎日顔を合わせているとわからぬものですね、と佐代はきまりわるそうに目を伏せた。

「それで、どうなさったのですか」

結寿は思わず身を乗り出している。

「思い切って訊ねました。お役目に口を挟んではならぬことは承知しておりますが、わたくしは旦那さまの御身が案じられてなりませぬ、どうかお悩みのこと、お話しくださいますように……と」

いつもは自分から話しかけることなどなかった佐代である。藤十郎は驚いた。が、その顔はくらやみ坂を抜け出した人のように明るくなった。

「お役目のこともむろんですが、それはなんとか治まったそうです。それより、旦那さまはわたくしに疎《うと》まれていると思い込み、それで鬱々としていらしたのだとか。無理もありませぬ。嫁いだばかりの頃のわたくしは取りつく島さえなかったのですから」

他に想う人がいた佐代は夫に心を開かなかった。そのうちに妻の自覚が生まれ、ようやく夫にもなじんできた。が、今度は夫の心が離れた。内にこもって互いの心を知ろうとしなかった夫婦は、どんどん溝を深めていった。

「では、今はもう、お気持ちが通じ合ったのですね」

「旦那さまはお役目の出来事を話してくださいました。わたくしは短冊のことをお話しして、お詫び申し上げました。それだけです。でも……」

「でも？」

「百枚千枚、いえ、ありったけの短冊よりわたくしのほうが大事だと……」

帰り道、くらやみ坂の真ん中で、結寿は思い出し笑いをした。

「いったいどうなすったんで。気味のわるい……」

百介は眉をひそめた。

「夫婦喧嘩は犬も食わぬと言いますが、百介、まことですね」

「どういうことでございますか」

「伝兵衛おくめ夫婦といい、佐代さまのご夫婦といい……夫婦の気持ちは他人には窺《うかが》い知れぬということです」

「それなら、あっしも申し上げました」

そうですね、と、結寿は微笑《ほほえ》む。

ところがそのあと、百介はよけいなことを付け加えた。

「お嬢さまもそろそろお考えにならないと。嫁《い》き遅れちゃあ大変だ」

結寿はキッと目を吊《つ》り上げる。

「わたしは当分、お嫁になんか行きませぬよ」

縁談ばかり持ち込まれるのにうんざりして、実家を出た。だからこそ祖父と暮らすことにしたのだ。百介にまで言われたくない。

「へい」と首をすくめた百介は、またもやよけいなことを言った。

「それならようございます。お嬢さまがあの町方なんぞと夫婦になる、なんて言い出した日には、旦那さまがどれほど荒れ狂うか……」

「まさか、ありもしないことを言うのはおやめなさい」

「へいへい、だったらあっしもひと安心。どうせ、あの町方は妻子持ちでございましょうから」

結寿ははっと足を止めた。

そういえば、道三郎の家族のことはなにも知らない。

もちろん知る必要などなかった。火盗改と町方同心は仇敵である。

結寿はあたりを見まわした。

左右から迫る雑木で息が詰まりそうだ。火盗改の、いえ、武家の娘であるということは、なんと窮屈でうっとうしいのか。

「さァ、急いで帰りましょ」

百介に自分でも驚くほど尖《とが》った声をかけて、結寿は足早に歩きはじめた。

ぐずり心中

一

山桜桃《ゆすらうめ》が紅い実をつけた。

親指の先ほどの果実は甘酸っぱくて美味しい。鳥につつかれる前に、子供たちが先を争ってもいでゆく。

「結寿《ゆず》姉ちゃんは食べないの」

熟した実をほおばりながら、母屋の娘もとが結寿に目を向けた。縁に腰をかけ、足をぶらぶらさせている。

「え？　ああ……」

結寿は目を瞬いた。手の中の紅い実を見る。

「へんなの。結寿姉ちゃんてば、このごろぼんやりしてばかり」

「そんなことないわ」

勢いよく囓った……ら、果汁がこぼれた。あわてて懐紙を取り出し、膝元についた染みを拭う。

そう。近頃、結寿はぼんやりしていることがある。考え事をしているわけではない。魂が抜けてしまったかのようだ。

「小源太ちゃんの具合は……」

話題を変えた。

もとの弟の小源太は食い意地がはっているので、しょっちゅう腹痛を起こす。昨日も山桜桃を食べ過ぎてお腹が痛いと泣いていた。

「もうけろりとしてる。母ちゃんに今日はなにも食べちゃいけないって言われたのに、弥之吉のおまんま、食べちゃったんだから」

「おやまァ。弥之吉ちゃんはどうしたの」

「泣きべそかいてた」

弥之吉はいつも弟にやられっぱなしだ。母屋の傳蔵・てい夫婦は、兄弟なのにどうしてこうもちがうのかとため息をついている。

「だったらこれを弥之吉ちゃんに……あら、もとちゃん、ぜんぶ食べてしまったのね」

籠《かご》を覗き込んで、結寿はあきれ顔になった。

「もとちゃんこそ、お腹をこわしますすよ」

「へいきよ、これくらい。それにほら、弥之吉の分ならまだあんなに生《な》ってるもの」

二人は同時に山桜桃の大木を見た。

子供の手の届くところにはない。が、上方の枝には鈴なりに実が生っている。

「結寿姉ちゃん、とって」

せがまれて、結寿は困惑顔になった。ちらりと裏手を振り向く。

裏庭から幸左衛門の怒声が聞こえていた。弟子を集めて捕り方指南をしているのだ。祖父が稽古をつけているときは小者の百介も傍らに控えている。うっかり呼び立てれば幸左衛門の不興を買う。

左右を見まわした。二人の他にはだれもいない。

結寿は下駄をつっかけて庭へ下りた。

「いいこと、これは弥之吉ちゃんの分ですからね」

果実をもぎ取って、もとが掲げる籠に入れてやった。

もうひとつ、あとひとつ……もいでいるうちに、つい爪先立ちになって、片手をいっぱいに伸ばしている。

「なんですか、はしたないッ」

尖った声がした。

結寿は棒立ちになった。聞き慣れたその声は——。

「お継母《かあ》さま……」

結寿の実家は、同じ麻布でも竜土町の御先手組、組屋敷内にある。

結寿はときおり実家へ顔を見せにゆくが、両親の方から狸穴の家へやって来たことは、これまで一度もなかった。

どういう風の吹きまわしか。

絹代は女中と中間を門前へ残し、つかつかと歩み寄った。

「みっともない恰好はお慎みなされ。どこに目があるか、わかりませぬよ」

紺茶の小袖の褄《つま》を両手で持ち上げ、すいと背を伸ばして立つ絹代の色白中高の顔には、癇癖《かんぺき》な色が浮かんでいる。

「すみませぬ」

結寿は素直に謝った。継母とやり合っても勝ち目はない。

「それゆえ、わたくしは言うのです」

絹代は得々とつづけた。

「嫁入り前の娘をかようなところへ伴えば、ろくなことにはならぬと……」

もとは二人の顔を見比べている。見知らぬ女に結寿がいじめられていると思ったのか、絹代をぐいとにらみつけた。

「もとちゃん、家へお帰りなさい」

「だけど……」

「いいから、さァ」

結寿は追い立てる。

しぶしぶながら退散したものの、もとは去り際にあかんべえをした。

「挨拶もしないで……。どこの子供じゃ」

「大家の娘さんです」

「ほんに不作法な娘だこと。しつけがなっていませぬ」

小源太がいなくてよかったと、結寿は首をすくめた。小源太なら易々とは引き下がらない。絹代は腰を抜かすだろう。

「お継母さま、なにか急な御用でも……」

「用がなければこんなところへは参りませぬよ」

絹代は不服そうにあたりを見まわした。

「お舅《とう》さまに相談があって参りました」

「お祖父さまでしたら、裏庭で捕り手の指南をしておられます」

「では、終わるまで待ちましょう」

供の二人を玄関に残し、絹代は座敷へ上がり込む。

「風変わりな家だこと」

「昔は農家だったそうです」

家の由来を話しながら、結寿は絹代に白湯《さゆ》を勧めた。

麻布には大小の武家屋敷が建ち並んでいる。合間には寺社と町家が連なっていた。狐狸が出没した往時の鄙《ひな》の面影はない。

幸左衛門の指南が終わるまで、結寿はしかたなく継母の話し相手を務めた。ふた言目には説教やあてこすりを言われながら。

四半刻《とき》（約三十分）ほどすると弟子たちが帰って行く気配がして、幸左衛門と百介が裏庭から戻って来た。ひと汗かいたので、骨休めをしようというのだろう。

「おや、これは奥さま……」

百介は目を丸くした。

「頭を下げてもむだじゃ。わしは断じて帰らぬぞ」

挨拶もそこそこに、幸左衛門は肩を怒らせた。

「お迎えに参ったわけではございませぬ」

絹代は眉をひそめた。

「では何用じゃ」

「結寿どのに縁談があります」

「お継母さまッ、それならそうとどうして……」

結寿は抗議の声をあげた。これまで膝をつき合わせていたのに、縁談を持ってきたとはひと言も聞かなかった。

「そなたに言うておるのではありませぬ」

絹代は結寿には目も向けず、おもむろに身を乗り出した。

「組頭の加納作兵衛《かのうさくべえ》さまからのお話にございます。お相手は御弓組の与力、市村惣十郎《いちむらそうじゅうろう》さまのご子息だとのこと。今は見習いなれど、ゆくゆくは御父上の跡を継いで与力になられるわけですから……」

家柄も釣り合う。真面目で人柄がよく、見映えもわるくないという。いずれにしろ組頭の口利きでは、よほどでなければ断れない。

縁談がいやで家を出たのに、ここまで追いかけて来ようとは……。結寿には迷惑千万だった。

「わたくしは気が進みませぬ。お断りください」

きっぱり言ったものの、無視された。

「あなたは黙っていらっしゃい。お舅さまにお話ししているのです。お舅さま、加納さまにはなにかとお世話になっておりますし、なんと申しても組頭であられます。結寿どのとて、いつまでも独りというわけには参りませぬよ」

「ううむ……」

腕組みをする幸左衛門に、結寿はすがるような目を向ける。

「お祖父さま、お祖父さまはわたくしにまだ嫁《とつ》がずともよいと言われました」

「なにを馬鹿なことを。嫁《ゆ》き遅れたらどうするおつもりですか」

「なれどお継母さま……」

「これほどの話はまたとありませぬ。どこが不服だというのです？」

「ですからわたくしはまだ……」

まァまァ落ち着いて、と、百介が母娘の言い合いに割って入った。

幸左衛門は空咳《からぜき》をする。

「大事な孫娘の縁談じゃ、加納さまのお話とはいえ、ここはまァ、慎重に相手の評判など聞き合わせてみたほうが……」

「お相手については加納さまが太鼓判を押しておられます」

「わかっておる。それゆえ、わしも一度、加納どのに会うて話してみると言うておるのじゃ。わるいようにはせぬゆえ、倅には案ずるなと言うておきなさい」

唯々《いい》諾々《だくだく》とうなずいたのでは、倅夫婦の言うなりになったようでしゃくなのだろう。

任せよと言われれば、文句は言えない。

「ではよろしゅうお願い申し上げます」

絹代は腰を上げた。

結寿と百介は門前まで出て絹代を見送る。

「お祖父さま、お断りしてくださいまし」

座敷へ戻るや、結寿は懇願した。

幸左衛門は考え込んでいる。

「お祖父さま、なにとぞ……」

「生涯、独り身を通すわけにもゆくまい」

「それはそうですが……」

「意中の人でもおるのか」

「めっそうもございませぬ」

「されば目くじらをたてるな。相手とやら、わしが見定めてやろう」

そうまで言われれば引き下がるしかなかった。そもそも縁談は家同士が決めることで、結寿の出る幕ではない。

こうなったら、幸左衛門が相手の欠点を見つけ、縁談を反故《ほご》にしてくれることを祈るばかり。

結寿は胸の内で両手を合わせた。

二

走り梅雨――。

降っては止み、晴れては降り、ぐずりぐずりとはっきりしない。

昨日も午前は雨だった。午後から陽が射し、今朝はまだ、かろうじて曇天を保っている。

熟して枝から落ちた山桜桃の実も、ふやけたまま乾燥していた。鳥につつかれたのか、穴だらけになった実では子供たちでさえ見向きもしない。

結寿は運針の手を休め、町方同心、妻木道三郎の顔を思い描いた。

火盗改と町方は、鳥と子供のように手柄を競い合っている。いや、道三郎は手柄を逸《はや》っているのではない。火盗改の裁きは冷酷無比である。火盗改より先に罪人を捕らえ、温情のある裁きをしてやりたいと駆けまわっているのだ。

結寿も何度か目にしていた。最初はムジナ……ならぬ老人。次は子さらい……といっても心を病んだ女。そして先日は似非表具師。鳥につつかれ雨になぶられて地に落ちた罪人たちに注ぐ道三郎のまなざしには、理解と憐憫《れんびん》の色があった。剛勇で鳴らす火盗改にはないものである。

妻木さまはどうしておられるかしら――。

胸の内でつぶやいたときだ。母屋から小源太が駆けて来た。

「姉ちゃん、驚くなよッ」

息をはずませ、頰を紅潮させている。

「なんですか、あわてふためいて」

母屋の大家は口入屋なので、界隈の噂が集まって来る。小源太の「驚くなよ」は毎度のことだ。

「馬場丁稲荷でシンジュウがあったんだってさ」

「心中……まァ大変」

結寿は目をみはる。

「シンジュウってなんのこと」

意味もわからず注進に来たらしい。惚《ほ》れ合った男女が共に命を絶つことだと教えてやると、小源太はしたり顔でうなずいた。

「だから女だ男だって騒いでたのか」

馬場丁稲荷は麻布十番の通りを下った角にある。ここからは目と鼻の先である。

「身元は……心中したのはだれか知れたのですか」

「ひとりは藤吉兄《とうきちあん》ちゃんだってさ」

「あの、植木屋の……」

結寿は思わず問い返していた。

藤吉は飯倉新町の植木屋の総領息子で、腕はいい、人柄もいい、おまけに男ぶりがいいと評判だった。歳は二十一。商売も繁盛している。町家の娘たちはこぞって藤吉に熱を上げていた。結寿も何度か見かけているが、颯爽《さっそう》として好もしい若者である。

「なんてことでしょう。で、もうひとりは……」

小源太は首を横に振った。その首を伸ばして「爺つぁまは……」と家の奥を覗く。隠居とはいえ泣く子も黙る元火盗改与力の幸左衛門を「爺つぁま」呼ばわりするのは、怖い物知らずの小源太くらいのものだろう。

百介を連れて出かけていると答えると、小童は眸を躍らせた。

「ならちょうどいいや、行ってみようよ」

「どこへ」

「決まってらィ。馬場丁稲荷さ」

「そんな……野次馬みたいなまねはできませぬ」

「へいきさ。妻木さまだっているんだし……」

結寿は小源太の顔を見た。

「どうしてわかるの」

「父ちゃんに藤吉兄ちゃんのこと聞きに来たやつが、妻木さまに頼まれたって言ってたもん」

「行ってみましょう」

結寿は即座に答えた。言うが早いか、足はもう玄関へ向かっている。すぐそこまで行くだけだから仕度はいらない。

小源太の手を引っぱって十番の通りを下った。稲荷が見えて来るや一転、小源太を前に押し出す。小童《こわっぱ》を追いかけて来たフリでもしなければ恰好がつかない。絹代なら「武家の娘がはしたないッ」と目を三角にするところだ。

境内には野次馬が群れていた。

祠《ほこら》の正面に筵《むしろ》をかぶせた死体がふたつ並んでいる。そのまわりを武士衆が取り巻き、二手に分かれてなにやら言い争っていた。

「ほら、妻木さまだ」

「取り込んでおられるようですね」

一方の側には道三郎が、もう一方には顔見知りの火盗改の武士がいるところを見ると、日頃から犬猿の仲の町方と火盗改がここでも角を突き合わせているらしい。

なにを言い合っているのか。

結寿は野次馬の声に耳を澄ませた。

少しずつ事情が見えて来る。驚いたことに、心中の片割れは武家娘だった。そのために事がややっこしくなっているらしい。

火盗改方は、外聞をはばかり、藤吉が仕掛けた無理心中として事を済まそうとしていた。道三郎は異議を唱えている。死体の状況から見て、無理心中を仕掛けたのはむしろ女の方ではないか、というのだ。

死体は祠の裏手の雑木林の中にあった。月が出ていたとはいえ、なにもぬかるんだ林で逢い引きしなくてもよさそうなものだが、他に適当な場所がなかったのか。よほど切羽詰まっていたのだろう。稲荷の後方は馬場で、夜間は荒涼としている。

死体を見つけたのは、ここ数日、馬場の柵の修理をしていた大工の幸太《こうた》だった。社の木陰で朝飯の弁当をつかい、小用を足そうとしたとき、運わるく死体に出くわした。

「藤吉つぁんは背中から血を流していたんだとさ」

「女は喉を突いてたってェから……」

となれば、だれが見ても無理心中で、しかも仕掛けたのは女の側ということになる。

火盗改と町方同心はなおも激しくやり合っていたが、最後には道三郎が火盗改に押し切られた。幸左衛門から捕り方指南を受けている火盗改方の岡っ引が手下に指図をして、ふたつの死体を運び去った。

火盗改がぞろぞろと引き上げてしまうと、野次馬の人垣もくずれた。社の境内には静けさが戻っている。

「これは、見ておられたか」

二人に気づいて、道三郎が近づいて来た。

「この子に引っぱられてわけもわからずやって来たのです」

とんだことになりましたね、と、結寿は眉をひそめた。

小源太はすかさず口をはさんだ。

「ちがわい。妻木さまがいるって言ったら姉ちゃんが……」

「小源太ちゃんッ。ほら、あそこに飴《あめ》売りが来ましたよ。もとちゃんや弥之吉ちゃんの分も買っておあげなさい」

結寿は財布を取り出した。

ちょうど派手な唐人服に先の尖った唐人笠をかぶり、軍配を手にした飴売りが、丸い桶と四角い荷箱を前後にぶら下げた棒を担いで境内に入って来るのが見えた。心中事件を知ってか知らずか、足を踏み入れたもののなにやら戸惑っているようで、鳥居の傍らの木立の陰に半ば身をひそめて、こちらの様子をうかがっている。

このあたりでは珍しい唐人飴売りだった。笠の縁が広いので、顔は顎しか見えない。とってつけたような長い鬚《ひげ》を生やしている。

飴、と聞いて、小源太は小鼻をひくつかせた。結寿の手のひらから銅銭をひったくって駆けて行く。

あの食いしんぼときたら――。

結寿は苦笑した。すぐに表情を引き締める。

「亡骸《なきがら》はどこへ運ばれたのですか」

道三郎も険しい顔をしていた。

「火盗改方の屋敷だ」

「藤吉さんも……」

「うむ。助けようが無《の》うなった」

せめて藤吉の死体だけでも番所へ運び、無理心中を図ったのが藤吉ではないことを明らかにしたかったと、道三郎は無念そうに言う。

「お気の毒ですが、藤吉さんを生き返らせることはできませぬ」

「さよう」

「でしたら、どこへ運ぼうが……」

「いや。同じではない。遺された者たちのことを考えてもみよ」

語気がいつになく激しかったので、結寿は目を瞬いた。

道三郎は口調を和らげた。

「心中か無理心中か、下手人かそうでないかで、遺された者たちの今後は天と地ほどもちがってこよう。それゆえ、見過ごしにはできぬのだ」

言われてみればそのとおりだった。藤吉の家は植木屋だが、倅が人を殺《あや》めたと知れ渡れば贔屓《ひいき》の客も離れてゆく。この界隈の植木屋は武家が得意先だから、武家娘をたぶらかしたというだけで毛嫌いされるにちがいない。もはや店をたたむしかない、ということだ。

「火盗改方でもご詮議をするはずです」

「することはしようが、我らとちがって、火盗改には独断で処罰をしてもよいとのお墨付きがある。となれば、いずこの肩を持つかは言うまでもない。町人、それも死んだ男のために真相を暴《あば》こうと駆けまわる者などいるものか」

無理心中として藤吉に罪を着せてしまえば、それで済む。真相を暴き立てては武家の恥をさらけ出すだけで、火盗改にとってもよいことはひとつもなかった。

「殺された上に店がつぶれるのでは、藤吉さんも浮かばれませぬ」

火盗改の娘であることも忘れ、結寿は声を荒らげた。

「弱い者は強い者に呑まれる。世の中とはさようなものだ」

道三郎は嘆息した。

「このまま引き下がるおつもりですか」

「さて、どうしたものかのう」

「せめて真実を広めてください」

「奉行所とてこのまま黙ってはおるまいが……」

道三郎が応えたとき、小源太が戻って来た。不機嫌な顔で銅銭を突き出す。

「飴はどうしたのですか」

「ヘッ。いんちき野郎だった」

小源太は頰をふくらませた。

「いんちきって……」

「飴なんかないんだ」

「おや、ずいぶん早く売り切れてしまったのですね」

まだ午前である。

「そうじゃないってば。はじめからからっぽなのさ」

飴をくれと言うとひどくあわて、あっちへ行けと追い払われた。だがそこは腕白小僧の小源太である、それなら腕ずくで取ってやろうといたずら心を起こした。敏捷《びんしょう》に立ちまわって桶と荷箱を覗いてしまった。

ところが桶に飴はなく、荷箱にも唐人形は入っていない。子供たちを集めるために、飴売りは荷箱にからくり人形を入れている。

飴売りでないなら、なぜ飴売りの扮装《ふんそう》をしているのか。どうして木陰にひそんで、あたりの様子をうかがっていたのか。

「だいたいおかしいや。笛を持ってないなんて」

結寿と道三郎は同時に鳥居の方を見た。先ほどまで飴売りがいた場所だ。だれもいなかった。

「ここにいてくれ」

祠の石段では岡っ引と手下らしき男が、所在なげに腰を下ろして煙管《きせる》を使っていた。道三郎からの指示を待っているのだ。

道三郎は早足で歩み寄った。あわただしくなにか命じるや、「へいッ」と威勢のよい返事が聞こえた。男たちは鳥居の外へ駆け出した。

「すまぬが、ちと手を貸してはもらえぬか」

戻って来るなり、道三郎は結寿と小源太の顔を見比べた。

「町方は年がら年中、人手不足でのう」

「いいよ、貸してやらァ」

小源太は元気いっぱいである。

「なんですか、その言い方は。それで、なにをお手伝いすればよいのですか」

結寿に訊かれ、道三郎は祠の裏手に目をやった。

「失せ物探しだ。ただし、忌まわしい雑木林へ足を踏み入れるのが怖ければ無理にとは言わぬが……」

「怖くなんかないや」

「わたくしも武士の娘です」

またもや失せ物探しとは——。

事件の最中にもかかわらず、結寿は口元をほころばせた。道三郎はいつも失せ物を探している。もちろん探索は隠密同心の役目ではあったが。

「こたびはなにを探せばよいのですか」

「唐人笛」

「笛……」

「本物の笛かどうかはわからぬが、ともあれ細長い筒だ」

唐人笛はチャルメラと呼ばれ、飴売りが人寄せに吹いて歩く。甲高く透き通った音色には哀愁を誘う響きがあった。

「飴売りが落っことしたの」

「でも、なぜ笛を落としたことがわかるのですか」

「話はあとだ。見つけたら駄賃をやるぞ」

駄賃と聞くや、小源太は勢いよく駆け出した。

三人は祠の裏手へまわり込む。

強がりを言ったものの、惨劇の血を吸った地面を這いまわるのは気味がわるかった。ところどころに水たまりもある。

結寿の足はいつのまにか肝心の場所から遠のいていた。

それが、幸いした。

「ありましたッ」

馬場につづく柵の傍らに、竹や板きれが積み上げてある。死体を見つけた幸太は柵の修理をしていたというから、そのための材料にちがいない。

その中に笛がまぎれていた。心中現場を目の当たりにしてあたふたしている人々なら気づくはずもない。たとえ目に留めても、子供が玩具でも落としたかと思うだけだろう。

「さすがは結寿どの」

「ちェ、つまんないの」

道三郎は笛を拾い上げ、手柄を立て損ねた小源太はそっぽを向いた。じっとしているのが苦手な小童は柵によじ登って馬場を眺める。ヤァ馬だ馬だと騒がしい。

「では、あの飴売りはこの笛を探しに参ったのですね」

結寿は首をかしげた。

「なぜ様子をうかがっていたのでしょう」

「人がいなくなるのを待っていたのだろう」

「笛を探すのを見られては困る、ということですね」

「笛を落としたということは、以前にもここに来た、ということになる」

「それではもしや、藤吉さんたちを見かけたということも……」

なにを思ったか、道三郎は笛を上下左右に振った。

「これが本物の笛ではないとしたら……この中に鎧通《よろいどお》しのような長細い刃物が仕込まれていた、とも考えられる。今はからっぽだが……」

結寿は「あッ」と声をあげた。

「もしそうなら無理心中ではなかったことになりますね。下手人は飴売り。藤吉さんも相手の娘さんも、飴売りにおびき出されて……」

結寿は身ぶるいをした。

「早う知らせなければ」

「飴売りを捕らえるのが先だ。憶測だけではだれも取り合うまい」

「さようですね……」

火盗改と町方のいがみ合いなら、たった今、目にしたばかりだ。ひと頃は肩で風を切って歩いていた火盗改も、近年は町方に押され気味である。功を焦っている今、町方に憶測を告げられて「なるほど」とうなずくとは思えなかった。口出し無用と突っぱねられるのは目に見えている。

結寿は居たたまれなかった。なんとしても道三郎の力になりたいという思いがふつふつとわいてくる。

「わたくし、お祖父さまに話してみます」

きりりと唇を引き結んだ。

「ご隠居は町方を目の敵にしておられるぞ」

「承知しております。なれど、祖父はごまかしやへつらいが大嫌いです。白を黒と言うことだけは断じてありませぬ。よくよく事情を話せば……」

幸左衛門は頑固一徹な男だ。息子と喧嘩をして家を出たのも、我が意をとことん通そうとしたためだった。敵にまわせば手強いが、味方につければ百人力である。

道三郎は熟考したのち同意した。

「ではこうしよう。飴売りの素性が知れたら結寿どのに知らせる。この一件、ご隠居にお任せしよう。ただし、拙者の名は出さぬがよい」

町方が真の下手人を見つけたとあれば、火盗改の面目がなくなる。だが幸左衛門なら、事はこじれずに済むかもしれない。

「それでは妻木さまの手柄が無《の》うなります」

「手柄など無用。ご隠居に進呈いたす」

「もし妻木さまのお膳立てだとわかったら、祖父はまた腹を立てますよ」

「当分、捕り方の弟子にはしてはもらえぬの」

道三郎は笑った。

「結寿どのに逢えた、それだけで駄賃をもらったようなものだ」

笑いはすぐに引っ込んだ。が、目元には親しげな光がある。年下の娘への通り一遍の好意なのか、それとももう少しちがうなにかなのか、結寿には判断がつきかねた。

「実はわたくし……」

縁談があることを伝えたかった。伝えたところでどうなるものでもないが、道三郎がどんな顔をするか知りたい。

言えなかった。馬に飽きた小源太が戻って来て「帰ろうよ」とせがんだせいもあったが、死人が出た場所で縁談の話をするのはあまりに不謹慎である。

「知らせを待っていてくれ」

岡っ引か手下が戻って来るまで、道三郎はここで待つという。

結寿と小源太は家路についた。

「ねえ、結寿姉ちゃん」

「なんですか」

「笛をめっけただろ。妻木さま、姉ちゃんに駄賃をくれたのか」

「ええ、いただきましたよ」

「へ、いくら？」

「小源太ちゃんには数えられないいくらいたくさん……」

「いいなァ」

小童は地団駄を踏む。

笑いながら、結寿は小源太の手を握りしめた。

三

夕刻、稲荷にいた岡っ引が訪ねて来た。辰五郎というこの男から、結寿はあのあとの顚末《てんまつ》を知らされた。

飴売りのいでたちは人目を引く。道三郎の対処も素早かったので、辰五郎は苦もなく飴売りを見つけた。命じられたとおり、そのままあとをつけた。

飴売りは堀沿いの道を西南へ急ぎ、飯倉新町と新網町を抜け、宮下町まで来て歩をゆるめた。町はずれの棟割長屋へ入って行ったので住まいかと思ったが、そうではなく、そこでは扮装を解いただけだった。町人の恰好に戻って、つけ鬚もはずした男はどこにでもいる若者で、うっかりすれば見逃してしまいそうだったという。

若者は藤吉同様、植木屋の倅だった。歳は二十三。名は彦次《ひこじ》。飯倉新町に住む藤吉と新網町に住む彦次は幼なじみで、今でもつき合いがあった。彦次の家は腕のよい父親が病死して以来ぱっとしない。一方、かつて彦次の父の弟子だった藤吉の父親はめきめきと腕を上げ、人あしらいがうまいのも幸いして、今では界隈一の羽振りのよさだという。

「さようでしたか……」

結寿は眉を曇らせた。

彦次は常々、藤吉の家の隆盛を羨望と苛立ちのこもった目で眺めていたのではないか。しかも藤吉の評判が聞こえてくる。藤吉と武家娘の身分違いの恋も知っていたのだろう。もしかすると、彦次も武家娘に憧《あこが》れていたのか。彦次は嫉妬《しっと》に狂った。二人をたぶらかして、人けのない稲荷へおびき出した……。

辰五郎は手下に彦次の家を見張らせているという。

「旦那がこれをお預けするようにと」

結寿は笛を受け取った。

「あとのことはお任せください、と妻木さまに」

辰五郎を送り出すや、百介を呼びつける。

「手筈どおり頼みますよ」

「お嬢さまこそ、ぼろをお出しになられませんように」

二人は目くばせを交わし合った。

下手人を捕らえても、骸《むくろ》が火盗改方にある以上、道三郎は手出しができない。そこで幸左衛門の力を借りることにしたのはよいが、問題はどうやって幸左衛門の腰を上げさせるか。結寿は百介に相談を持ちかけた。吉原の幇間から武家の小者に転身した風変わりなお調子者は、今回も妙案を思いついた。

二人はそろって幸左衛門の部屋へ出向く。

「およしなさいってば」

「いいや、黙っちゃおれやせん」

「恥をかかせてはお気の毒です」

「なァに、あんなやつ、どうなろうと知ったこっちゃありやせん」

「およしなさい。おまえまで町方に怨みがあるのですか」

廊下で声高にやり合っていると、案の定、部屋の中から「うるさいッ、何事じゃ」と幸左衛門の怒声が聞こえた。町方と聞いて、耳をそばだてたのだろう。

結寿と百介は揉み合ったまま部屋の中へなだれ込んだ。

「旦那さまのお耳に入れたいことがございます」

「百介、お黙り。申し訳ありませぬ。百介がなにやらわけのわからぬことを……」

「この百介、わけのわからぬことなど申しませんよ」

息をはずませる二人に、幸左衛門は探るような目を向けた。

「いいから言うてみよ」

「お祖父さまッ」

「おまえは黙っておれ。百介、何があったのじゃ」

「へい」と、百介は膝を進めた。「それがでございます、町方の、しかもよりによって例の目障りな同心……」

「妻木道三郎か」

「へい。そいつがとんだしくじりをいたしました」

道三郎は彦次を番所へ引っ立てた。飴売りでもないのに奇天烈《きてれつ》な恰好をして子供を騙《だま》していたためだ。が、説教をしただけであっさり解き放してしまった。

「よいではないか。その程度のことでお白州へ引き出すわけにもゆくまい」

町方には似合いの役目だと、幸左衛門は機嫌よく笑う。

「ところがちがうんでございます。彦次の野郎は、子供を騙すために飴売りのまねをしてたのではございません」

百介は馬場丁稲荷であった心中事件と笛を探していた飴売りの話を、得意の派手な身振り手振りで語り聞かせた。

「そやつが事件にかかわっておったと申すか」

「おそらく」

「無理心中に見せかけて藤吉を殺《あや》めたと……」

「十中八九」

「証《あか》しはあるのか」

「へい。ここにこれ、笛がございます。火盗改のお屋敷に、藤吉の背中を貫いた鎧通しのような長細い刃物があるはずですから、この笛と合わせてみますれば……たぶん」

「火盗改の者どもは気づいてはおらぬのか」

「おりやせん。しかし、もっとひどいのはあのまぬけな町方で……下手人を番所へ引っ立てながら、みすみす逃してしまったんでございます」

「百介、まぬけとはなんですか、ご無礼な……」

思いあまったふうを装って結寿が口をはさむと、幸左衛門はからからと笑った。

「まぬけもまぬけ、大まぬけじゃ」

「さいでございましょう。それに比べて、旦那さまはどのような瑕瑾《かきん》も決して見逃さぬ眼力の持ち主にあられます。まちがいは自ら正さねばいられぬご気性にて……」

「ま、わしのことはよい」

「いえ、ようはございません。旦那さまなら、かような過ちはなされぬはず。町方のようにぐずりぐずりもなさいません。一旦思い立つや率先して事に当たり、恐れずひるまず、弱きを助け、強きをくじいて……」

そこは元幇間である。褒め上げるのは得意中の得意だ。

「……それゆえ、手前は旦那さまにお話しすべきだと申したのです」

「なれど、それでは妻木さまのしくじりが知れ渡ってしまいます。町方が笑われましょう」

「へ、お嬢さまはあのお侍に気がおありなんで」

「馬鹿なこと……。わたくしはただ、明朝、妻木さまにお話しいたすのが筋だと言っているのです」

「明朝まで待って、彦次に逃げられたらどうなさいますんで」

幸左衛門はこほんと空咳をした。

「百介の申すとおりじゃ」

結寿と百介は息を詰めて、幸左衛門の次の言葉を待った。二人の視線に期待がこもっていることに、幸左衛門は気づかない。

「町方など役に立たぬ。よし、わしが出向いてやろう」

腰を上げた。せっかちなのはいつものことで、百介に仕度をさせ、あわただしく飛び出して行く。捕り方の技なら指南の腕前、新網町の植木屋へ乗り込み、彦次をお縄にして組頭の屋敷へ突き出すつもりだろう。

してやったりと、結寿に目くばせをして百介もあとを追いかけた。

幸左衛門が下手人を見つけたとなれば、火盗改も知らん顔はできない。これで事の真相も明らかになるはずだ。彦次は捕らわれ、仕置きを受ける。藤吉の亡骸は家人のもとへ返され、丁重に葬られる。藤吉の家は安泰、少なくとも人殺しの汚名だけは免れる。道三郎が無能呼ばわりされるのは不本意だが、やれやれこれで落着だと結寿は胸を撫で下ろした。

ところが――。

空模様は一変した。

翌日は雨。午後になって帰って来た幸左衛門は不機嫌の塊だった。取りつく島もなく、自室へこもってしまった。

「なにがあったのですか」

疲れ果てた顔で雨滴を拭っている百介に、結寿は問いただした。

彦次を取り逃がしたか。道三郎のはかりごとに乗せられたと気づき、それで腹を立てているのか。

「旦那さまは組頭の加納さまのなさりようにお怒りなのでございます」

幸左衛門は彦次を捕らえ、組頭の屋敷へ引っ立てた。そこまではよかった。だが労《ねぎら》いの言葉をかけただけで、加納は幸左衛門の話に耳を貸さなかった。

——馬場丁稲荷の一件は、無理心中ということで落着しておる。真実などどうでもよい。女は武家娘、藤吉は町人。したがって下手人は藤吉である。

「へい、これにておしまいでござァい。チョチョンがチョン。臭いものには蓋《ふた》をせよ……てなわけでございますよ」

藤吉の亡骸はすでに罪人として処分されたと聞いて、幸左衛門は憤然とした。とにかく彦次の詮議を、と寝ずの抗議をつづけたが、

——とうに所払いを申しつけられました。

朝も遅くなって、同心の一人が平然と言うではないか。

——詮議もせずしていかなる罪状じゃ。

——うろんな輩《やから》にて、世を騒がせました。

——おぬしらは、真偽を明らかにしようとは思わぬのか。

——溝口さまの仰せようは、妻木とやら申す町方とそっくり同じにござります。我ら火盗改には火盗改のやり方がござりますゆえ……。

若造に言われ、幸左衛門はますます腹を立てた。

「旦那さまは痛いところを突かれた、というわけで」

火盗改は即断即決の容赦ない処罰で恐れられていた。それは武家の名誉を守るための方便でもある。名与力として鳴らした幸左衛門も、何度となく似たような処断をしてき

た。

「話があるゆえ待つように……と加納さまは仰せでしたが、旦那さまは聞く耳持たず、さっさと帰ってしまわれました」

「加納さまのお話とはもしや……」

「へい。さいでしょう。旦那さまは加納さまに軽んじられたとひどくお怒りで、帰り道でも先日の縁談は断固ことわると息巻いておられましたから」

藤吉の無実は晴らせなかった。真相を聞き出そうにも、彦次はもう江戸にはいない。心中事件はうやむやになり、遺された者たちには苦悶《くもん》の日々が待っている。

それでも、縁談がこわれたのは幸運だった。禍《わざわい》を転じて福となすとはこのことである。

「こたびの心中事件は、植木屋とまちがいを起こした武家娘が、なにも知らぬ親から縁談を無理強いされたのがそもそものはじまりだそうでございます。旦那さまはそのことにお心を痛められたようで……。いや、なに、まことのところは、加納さまの縁談を断る口実ができてほっとされておられるのでございますよ」

百介が言うには、幸左衛門も結寿を手放さずに済むよう画策していたところだったとか。

「この雨では山桜桃の実が落ちてしまいますね」

昨晩遅くから降り出した雨は、朝になって激しさを増し、午《ひる》を過ぎた今はざあざあ降りである。

悲喜こもごもの感慨をこめて、結寿は空を見上げた。

四

祠の前で両手を合わせていると人の気配がした。

参拝を終えて振り向く。

斜め後ろで、道三郎が合掌していた。

走り梅雨も本格的な梅雨も過ぎて、お江戸は早や夏。市中を巡って探索に励む隠密廻りの日焼けした額にはうっすらと汗がにじんでいる。

「先だっては申し訳ありませんでした」

結寿はあらたまって頭を下げた。

「結寿どのに詫びを言われるようなことが、はて、なんぞあったか」

この日の道三郎は温和な顔をしている。

「藤吉さんのことです。大事なお役を任され、祖父がまかり出ましたのになにもできずじまい……。藤吉さんの無念を晴らせませんでした」

下手人を出した藤吉の家は予想どおり商売が立ちゆかなくなり、夜逃げ同然にどこかへ引っ越してしまった。一方、彦次の家も、彦次が所払いになったので跡を継ぐ者がない。結局、店を閉めてしまった。麻布界隈から植木屋が二軒、同時に店じまいをしたことになる。

「あれ以来、祖父は不機嫌な顔をしております」

「そうか、相すまぬことをした」

おざなりに応じたものの、道三郎の眸は躍っていた。

「詫びを言うのは拙者のほうだ。そのことで少々話をしたいのだが……」

祠の前で立ち話をしていては人目につく。それに境内は陽射しがまぶしい。道三郎にうながされて、結寿は馬場へつづく柵の方へ歩み寄る。

ふっと、藤吉と武家娘も人目を忍んでこの道を歩いたのではないかと思った。町方同心と火盗改の娘ならまだしも、植木屋と武家娘では逢瀬もままならない。端《はな》から実る恋ではなかった。

水たまりはないが、茫々と伸びた下草に足をとられそうになる。

「失せ物が転がっておるやもしれぬぞ。転ばぬようにの」

おどけた口調で言って、道三郎はくるりと振り向いた。その背の向こう、木立の合間から広大な馬場が見え隠れしている。

「早う言わねばと気にかかっておったのだ」

道三郎は真顔になった。

「何事にございますか」

「ご隠居のお陰で彦次は命拾いをした。そのことよ」

「いえ、祖父の力が足りなくて、下手人を逃がしてしまったのでしょう」

「彦次は下手人ではない」

「なんですって……」

「下手人は心中事件の当事者、火盗改同心の娘御の佐知どのだ」

結寿は息を呑む。

「そのお方には縁談があったと聞きましたが……」

「さよう。意に染まぬ縁談だ。今となっては定かではないが……佐知どのは藤吉のややこを孕《はら》んでいたらしい。追いつめられ、にっちもさっちもいかなくなり、それでも藤吉への想い断ちがたく、彼岸で添い遂げようと強引に凶行に及んだのだろう。懐剣で藤吉の背を刺し、自らも喉を突いた……」

「懐剣？　藤吉さんの背に刺さっていたのは鎧通しではなかったのですか」

「すまぬ。嘘をついた」

「ではあの笛は……」

「ただの笛だ」

結寿は絶句した。

「嘘なら、なぜ笛をわざわざわたくしに……」

「ご隠居に登場願うためだ」

飴売りが怪しいとにらんだときは、まだ彦次の名も素性もわからず、五里霧中だった。だがなにかを見ている。でなければ知っている。詮議をして聞き出したい。幸左衛門なら真相を明らかにできるかもしれないが、幸左衛門は隠居で、おいそれとは動かない。

「笛を見せれば、祖父は下手人だと思い込むと……」

「いかにも。ご隠居が下手人を捕らえれば、火盗改は詮議をせざるを得なくなる。うやむやにはできまい……と思ったのだが」

「所払いになってしまいました」

「うむ。とんだ番狂わせだった」

「彦次さんはなぜ所払いになったのでしょう。やはり何か火盗改の都合のわるいものを見たのでしょうか」

「見たのではなく、知っていたのではないか、藤吉と佐知どのの仲を……」

彦次は植木屋の仕事が思うようにいかず、ときおり唐人飴売りの扮装をして界隈をうろついていたという。飴を売るためではない。ちゃちな盗みでもしていたのだろう。銭欲しさというより、鬱憤晴らしであったかもしれない。

例の心中があったのは宵の口だ。その日の午後、彦次は賽銭《さいせん》を盗もうとして、柵の修理に来ていた大工の幸太に見つかった。揉み合いになったとき笛を落としたが、そのことに気づいたのは翌朝、心中事件を知ったあとだった。心中の片割れが幼なじみの藤吉と聞き、かかわりになるのを恐れて笛を探しに戻って来た。

彦次が藤吉と佐知の秘め事を知っていたとしたら……火盗改は口封じのために彦次をその場で死罪にしていたかもしれない。彦次の命など、火盗改にとっては虫けら同然である。

「ご隠居に騒ぎ立てられてはまずいので、火盗改は詮議もせず、あわてて彦次を所払いにしてしまった。彦次はご隠居に救われたことになる」

「あら、祖父は十分に騒ぎ立てたようですよ」

結寿は忍び笑いをもらした。

「ともあれご隠居と……結寿どのを謀《たばか》った。詫びを言うておく」

「詫びなどけっこう。謀ってくださってうれしゅうございました」

一転二転三転……走り梅雨のようにぐずりぐずり、結末も晴れ晴れとは言いがたい心中事件ではあったが、ひとつだけ、縁談という実を青いまま振り落としてくれた。

「わたくし、もう駄賃をいただきましたのよ」

目くばせをされて、道三郎は不思議そうに瞬きをする。

二人は馬場の柵のところまで来ていた。

夏の陽射しの中を馬が駆けている。雑木林から、ポーピーピピロと、唐人笛のように澄んだ黄鶲《きびたき》の鳴き声が聞こえてくる。

道三郎と一緒にいるだけで、結寿は胸に温かなものが満ちてくるのを感じていた。

遠花火

一

光が夜空を駆け昇った。爆《は》ぜる、煌《きら》めく、散り落ちる……。

「ひゃあ、姉ちゃん見て見てッ」

いと《い》が歓声をあげた。

「まァきれいだこと」

結寿《ゆず》も感嘆の吐息をつく。

臆病者の弥之吉も、腕白坊主の小源太も、今宵は一緒だった。兄弟そろって口をあんぐり開け、花火に見とれている。

旧暦五月二十八日の川開きから八月晦日《みそか》までの三カ月間は、大川の両岸に屋台がびっしり立ち並ぶ。屋根船や屋形船が川面を行き交い、花火が夜空を彩って、夕涼みや花火見物の人であたりはごった返す。

真夏の盛りの一夕、結寿は大家の傳蔵・てい夫婦の子供たちを連れて、花火見物に来ていた。人混みなどまっぴらごめんと祖父の幸左衛門がそっぽを向いたので、子供たちの他には小者の百介がひとり。幸左衛門は今頃、傳蔵と碁を打っているはずである。

「へい、お待ちどう。あっちにひとつ、お席がございました」

百介が戻って来た。

歩き疲れたので麦湯でも一杯、でなければ川水で冷やした西瓜《すいか》で喉をうるおして……とひと息つく場所を探したものの、水茶屋はどこもかしこも混雑していた。百介は五人一緒に座れる見世《みせ》を探してきたのだ。

「行きましょう、さ、もとちゃんも」

結寿は子供たちをうながした。

人混みをかき分けて、一行は百介のあとにつづく。花火が上がるたびに、後方からは「玉屋ァー」、前方からは「鍵屋《かぎ》ッ」と声がかかって、ざわめきが一段と大きくなった。鰻《うなぎ》の蒲焼《かばや》き、天麩羅《てんぷら》、甘酒……雑多な匂いが食欲をそそる。

「さァさァ、こちらでございます」

百介は一同を一軒の水茶屋へ案内した。葭簀《よしず》囲いの中に四つ五つ床几《しょうぎ》を並べた見世の造りは珍しくもないが、奥に桟敷が設《しつら》えてあって、表方の水茶屋とは別に、そちらでは菜飯や団子も出しているらしい。

「小腹がお空《す》きになりましたでしょう」

百介は機転を利かせて、衝立《ついたて》で仕切った桟敷の一間を確保していた。

「へへ、あっしも腹ぺこでして」

武家娘の結寿はともかく、子供たちにしてみればとびきりの贅沢《ぜいたく》である。はしゃぐ三人を桟敷へ上げ、百介も遠慮がちに上がり込んだ。

「ではお団子と麦湯をいただきましょう」

「へい、それじゃあ……」

結寿に言われて、百介は腰を浮かせた。あたりを見まわしたが、赤い頬をした垢抜《あかぬ》けない小女が満員の客の間を飛びまわっているばかり。まだ馴れていないのか、左右から声をかけられて右往左往している。

「気長に待つしかありませんね」

結寿がため息をついたときだった。

衝立の後ろで、お待たせいたしました、と女の声がした。他にも小女がいて、隣の客に団子か菜飯を運んで来たのだろう。

今だッと、だれもが腰を浮かせた。その拍子に勢いあまって、百介と弥之吉、小源太の三人が衝立を倒してしまった。

隣の客は驚きの声を発して飛《と》び退《の》く。

「まァ、先生ッ」

真っ先に結寿が気づいた。

「これはなんと、おやまァ、奇遇でございます」

衝立もろとも転びかけた体を器用に踏ん張って、百介も目を瞬いた。

隣席の客は弓削田宗仙。宗仙は茫然としていた。いや、きまりがわるそうな顔をしている。というより、ひどく動転していた。

衝立一枚隔てているだけだ。がやがやと上がり込んで来たのがだれか、とうにわかっていたはずである。もし気づかなかったとしたら、よほどぼんやりしていたのだろう。それとも、気づいていながら知らぬふりをしていたのか。

ともあれ、偶然の出会いを歓迎しているようには見えない。

水茶屋の女は目を見張って左右を見比べていた。麻の葉模様の浴衣に黒繻子《くろじゅす》の帯を締め、髪を島田くずしに結った二十代半ばの女である。色白のほっそりした顔にふくよかな唇、左目尻の黒子《ほくろ》が婀娜《あだ》っぽい。いでたちや佇まいからして見世の女将《おかみ》のようだ。

「おや、お知り合いですか」

女はにこやかに言い、素早く腰を上げた。床几の客たちの好奇の視線を遮るために、衝立を置き直し、その上で「いらっしゃいまし」と結寿に向かって両手をつく。

「知り合いもなにも……ねえ、宗仙先生」

　結寿も驚きをおさめ、宗仙に笑顔を向けた。

「ここで先生にお会いするとは思いませんでした。先生も花火見物でいらっしゃいますの」

「ま、まァ、そんなところだ」

　宗仙はうわずった声で答えた。まるでいたずらを見つかった子供のような顔で。

「先生は、花火を背景にあたくしをお描きになりたいとおっしゃるのですよ」

　女が説明をつけ足した。

「うむ。まァ……それもあるが」

「ひと月ほど前に、ちょっとしたごたごたがありましてね。女とみて因縁をつけられるのはよくあることなのですが、いやなお客にからまれて……たまたま通りかかった宗仙先生が話をつけてくださったんです」

「それはよいことをなさいましたね」

　結寿が言えば、百介もポンと膝を打つ。

「よッ、さすがは宗仙先生」

　宗仙は居心地がわるそうにもじもじしている。

「なァ姉ちゃん、団子は……」

　大人たちの長話に焦《じ》れた小源太が口をはさんで、女はようやく腰を上げた。

「すぐにお持ちいたします。先生も、どうぞごゆっくり」

しとやかに挨拶をして出て行く。水茶屋の女将にしておくのは惜しいほどの品のある色香に、宗仙ばかりか、結寿も百介もしばし見惚れた。

「先生がお描きになりたいとお思いになるお気持ち、よくわかりますわ。花火より艶《あで》やかなお人ですもの」

結寿が真顔で言ったからか、

「あちらさんも、まんざらではないようで……」

百介が茶化したからか、宗仙は赤くなった。

「さてと、わしは花火を描かねばならぬ。お先にごめん」

あわただしく麦湯を飲み干し、菜飯には手もつけず、銭を置いてそそくさと席を立ってしまった。

「先生ったら、いつもとは別人みたいでしたね」

結寿は忍び笑いをもらした。いつもの宗仙は柔和な顔で幸左衛門の屁理屈をあしらい、何を言われても泰然自若としている。

「老いらくの恋ってェやつでございましょう。いくつになっても、男は男ってなわけで」

百介もにやにや笑いを浮かべた。

「先生はお内儀さまを亡くされてずいぶん経つのです。浮いた話のひとつやふたつ、あるのはよいことですよ」

「それをおっしゃるんなら旦那さまだって」

「まァ、百介ったら。あの堅物のお祖父さまに限って、浮いた話などおありになるものですか」

話しているところへ、小女が注文の品を運んで来た。

食いしん坊の小源太が真っ先に団子に手を伸ばす。

食べたり飲んだり、にぎやかな談笑がはじまって、宗仙の話題はそれきりになった。

二

暑い日がつづいている。

藍染《あいぞ》めの浴衣を着た結寿が百介を従えて出かけようとすると、

「どこへ行くのだ」

と、幸左衛門がいぶかしげな目を向けた。

幸左衛門は宗仙を相手にこの日も碁を打っている。といっても、宗仙はこのところ魂が抜けたようで、いつもなら三度に二度は勝つはずの幸左衛門に負けてばかりいた。

「お稲荷さまへ」

結寿は澄まして答えた。

「このくそ暑い日に出かけずともよかろう」

「お詣りに行くのに、暑いなどと申してはバチが当たります」

「ふん、さすれば良縁でも頼んで参るがよい」

「はい。お祖父さまと、それから宗仙先生の分も拝んで参ります」

ちらりと宗仙を見ると、宗仙は思わず咳き込んだ。

「よけいなお世話じゃ」

幸左衛門は片手を振って孫娘を追い払う。

祖父の不機嫌はよくあることだった。結寿はにっこり笑って出かけて行く。

幸左衛門の機嫌がわるいのは、半分は暑さのせいだ。が、あとの半分は家督を継いだ息子のせいだった。狸穴の借家と竜土町の本宅とは目と鼻の先である。夏に入って、江戸市中では押し込みの被害が続出していた。つい先日は、京橋の菓子屋が被害にあった。その前は榎坂の呉服屋で、その前は赤坂の扇屋、いずれも老舗の大店《おおだな》で、大名家や旗本家の御用達だとか。武家でも盗難騒ぎがあったらしいが、それについては噂だけで真偽はわからない。

隠居とはいえ、幸左衛門はかつて、火盗改与力として名を馳《は》せた。息子が自分に助太刀を頼んで来ないので腹を立てている。

盗賊騒ぎも祖父の不機嫌も、今の結寿にはどうでもよかった。結寿の心を占めているのはただひとつ、馬場丁稲荷へ詣でることだ。猛暑だろうが豪雨だろうが、たとえ槍《やり》が降っていようが、出かけていたにちがいない。

たぶん——約束したわけではないが——妻木道三郎も来ている。

道三郎は江戸市中を探索して歩くのが仕事である。取り込みさえなければ今日が狸穴界隈に廻って来る日で、まずは稲荷へ詣でるのが決まりだった。

「この日盛りに出かけなくても……」

麻布十番の通りを下りながら、百介はうらめしげに結寿を見た。

馬場丁稲荷は通りを下った角にある。わずかな道のりだが、歩いているうちに、結寿は胸が昂《たかぶ》ってきた。

道三郎はいつも飄然《ひょうぜん》としている。手柄より人の情を重んじる姿勢が新鮮だった。町方嫌いの幸左衛門と堂々と渡り合う剛胆さも、勝ち負けにこだわらない鷹揚《おうよう》さも、結寿の心を捕らえていた。共に事件を解決するたびに、少しずつ、親しさが増している。

とはいえ、火盗改と町方とは犬猿の仲だから、いわば敵同士。

「なにを好きこのんで町方なんぞと……」

百介が嘆息するのももっともで、淡い恋が実るとしたら、太陽が西から昇るようなものだろう。

結寿は足を速めた。

暑い暑いと連発するだけで、百介もよけいな口出しはしない。

「アレ宗仙先生もお嬢さまも……恋は盲目、恋は曲者、テテトントン、ヨッ、恋に上下の隔てなし……テケテンテンツク、恋は異なもの味なもの、ってね」

元幇間は昔取った杵柄《きねづか》で、せいぜい妙な節をつけてうたうのが関の山。

「浮かれていないで、噂好きのだれかに見られないよう、よォく見張っているのですよ」

「へいへい、合点承知之助《しょうちのすけ》」

百介を稲荷社の門前へ残して、結寿は境内へ足を踏み入れた。

やはりこの猛暑に参詣する物好きはいない。祠の前で両手を合わせているのは、思ったとおり道三郎ただひとりだった。

「暑いのう」

近所の者同士がたまたま出会ったかのように、道三郎はのんびりした目を向けてきた。歳が離れているせいもあったが、こせこせしない大らかな人柄はいつもながら結寿の緊張を和らげてくれる。

「押し込みの探索に追われて、今日はおいでにならぬのではないかと思いました」

お詣りを済ませるや、結寿も道三郎に目を向けた。

隠密廻りは扮装をしていることもよくあるが、今日の道三郎は縞木綿《しまもめん》に野袴という、どこにでもいる下級武士のいでたちである。

「そこまで探索が進んでおればよいのだが……まるでお手上げだ」

「手がかりはないのですか」

「用心深いやつらで、尻尾を出さぬ」

恋人同士の逢い引きではない。それどころか、待ち合わせの約束をしたわけでもなかった。そうは言っても、こんなとき、もう少しちがう話ができればよいのにと結寿は歯がゆい。お役目の話しかできないのは、道三郎の暮らしぶりを知らないからで、そんな自分がもどかしかった。

「祖父はへそを曲げております。火盗改方も躍起になっているというのに、だれも自分のところへは相談に来ないと……」

「なるほど。たしかにそれは宝の持ち腐れだ。拙者が頭を下げて、町方のためにひと肌脱いでくれと頼んでみようか」

「白目をむいて卒倒しますよ」

「はっはっは。それもそうだの」

他に人がいないのをよいことに、二人は連れだって鳥居へ向かった。境内の真ん中で、一歩先を歩いていた道三郎がふっと足を止める。

雨の季節に、この境内で無理心中があった。空模様のようにうやむやに終わった事件は後味が悪い。道三郎はあの事件を思い出しているのではないか。結寿はそう思ったのだが——。

予想ははずれた。

「先日、大川端の水茶屋でご隠居を見かけた」

道三郎は考え込むような目をしている。

掏摸《すり》やかっぱらい、人さらいなどを見つけるのは町方同心の仕事だった。大川の両岸は、この季節、涼を求める人々でごった返している。道三郎も取締りに駆り出されていたのだろう。

「祖父が、水茶屋に……」

結寿は驚いて訊き返した。

「花火見物に行かれたか。それなら別段ふしぎはないが……」

「祖父は花火になど参りませぬ」

幸左衛門が宗旨替えをして花火見物に出かけたのなら、百介がそう言うはずである。

結寿は思わず門前に目をやった。

百介は鳥居にもたれて貧乏ゆすりをしている。

「百介も一緒だったのですか」

「いや、おひとりだった」

「ひとり……」

「ご隠居だけならふしぎはないのだが、前の日に、同じ水茶屋の同じ床几に傳蔵がひとりで座っていた。それでなにやら妙な気がしての」

「まァ、傳蔵さんも、ですか」

結寿は首をかしげた。

「傳蔵ときたら、きょろきょろと落ち着かぬ様子での、声をかけようかと思ったのだが、人を待っているようにも見えたゆえやめておいたのだ」

遠慮して見過したという。ところが翌夕、同じ場所で、幸左衛門がやはり同じように麦湯を飲んでいた。どうにも気ぜわしげな様子で、貧乏ゆすりをしたり見世の奥をうかがったりしていたとやら。

「もしや、両国橋より少し北へ行ったところにある水茶屋ではありませぬか、奥に桟敷を設えた……」

「さよう。桟敷では団子や菜飯を食っておった」

「やっぱり」

結寿は笑い出した。

「なにがおかしい」

道三郎はけげんな顔をする。

百介もこちらへ顔を向けた。

「だれもかれも……あきれた野次馬ですこと」

お話ししますと言いながら、結寿は先に立って門前へ歩み寄った。

「ねえ百介、おまえの言うとおりでした」

「へ？　なんの話でございますか」

百介は目を白黒させている。

「男の人は皆、美人に弱いということです。傳蔵さんばかりかお祖父さままで……」

「まさか、わざわざ見物に出かけたとでも……花火ではなく、あの女将を……」

「お祖父さまったら、人混みは嫌いだなんて言ってらしたくせに……」

道三郎が何だ何だと訊ねるので、百介は得意の身振り手振りで、宗仙の恋煩いのひと幕を話して聞かせた。

宗仙は水茶屋の女将に年甲斐《としがい》もなくのぼせ上がり、絵を口実に足繁く通い詰めていた。結寿や百介に見つかってからは隠すのもおっくうになったのか、傳蔵や幸左衛門にも女の自慢話をしている。

女は零落した武士の娘で——本人の話を信じれば——歳は二十四、名はおつぎだとか。

宗仙とは四十近い歳の差があった。だが二十四ならもう大年増、絵師で俳諧の師匠という悠々自適の老人に惚れられて、おつぎはまんざらでもないらしい。涙ながらに身の上を打ち明け、宗仙に相談事を持ちかけてくるという。

何度となくのろけられ、描きかけの絵を見せられて、おまけに結寿や百介からも類いまれな美人だと太鼓判を押されれば、男たるもの、一度は顔を拝みたくなるのも無理はない。といって他人に知られるのはさすがに恥ずかしくて、傳蔵も幸左衛門もこっそり見物に出かけたのだろう。

それにしても、お祖父さままで——。

結寿は心底、あきれていた。どんな顔で床几に座っていたのか、婀娜なおつぎを見てなんと思ったか、あれこれ考えるとおかしくてたまらない。

話を聞いて、道三郎も噴き出した。

「ふむ。さほどの別嬪《べっぴん》か。では拙者も拝顔の栄に浴して参ろうかの」

「ま、妻木さまも同じ穴のムジナですのね」

「いやいや。拙者はムジナを捕らえるのが仕事……虎穴に入らずんば虎児を得ずと言うではないか」

「おや、妻木の旦那。ここは狸穴で虎穴はございませんよ」

百介が剽軽《ひょうきん》な顔で言い、三人はもう一度、声を合わせて笑う。

結寿主従と道三郎は麻布十番の通りを狸穴坂の方角へ歩きはじめた。

「それにしても、宗仙先生はどうなさるおつもりでしょう」

結寿はまだ宗仙の変わりようが信じられない。

「後添えになさるおつもりじゃあござんせんかね、別嬪の女将を」

宗仙は浮ついた遊び人ではなかった。情実のある男だから、本気で惚れたというなら
それもありそうなことである。

「宗仙先生に妻子はおらぬのか」

「娘さんがお二人おられますが、どちらも嫁いでおられます」

「先生ほどのお人が、これまで寡夫《やもめ》を通していたってなほうがおかしなくらいで……」

「ほう、寡夫を通しておったか」

「亡くなられた奥さまのことが忘れられなかったそうですよ」

結寿が応えると、百介はくるりと目玉をまわした。

「先生はあのとおりおやさしいお人で、しかも絵師ともなれば、後ろ盾となる方々の機嫌もとらなくてはなりません。お若い頃は情にほだされたりなんだりと、まァいろいろあったそうで、奥さまにもご苦労をかけたとおっしゃっておいででした。ですが一人前になるまで、文句も言わず支えてくれたのが奥さまだそうで……。その奥さまに先立たれて、すっかり意気消沈してしまわれた、ってなわけで」

百介の話を聞いているのかいないのか、道三郎は黙々と歩を進めている。

「けれどもう七年、いや八年でしたか……そろそろよろしゅうございましょう。奥さまもお許しくださるんじゃあござんせんかね」

「八年か……」

道三郎はぽつりとつぶやく。

「このままではご不便でしょうし、男寡夫には蛆《うじ》がわくとも申しますから」

斜め後ろを歩いていた結寿は、道三郎のこめかみがひくりと動くのを見た。

「百介。他人《ひと》さまのことをあれこれ言うてはなりませぬ」

へい、と百介は首をすくめる。

一行はゆすら庵の前まで来ていた。ここからは二手に別れる。道三郎はゆすら庵へ、結寿主従は路地を抜けて裏手の我が家へ。

「わたくしどもはこれで……」

言いながらも、結寿の足は止まっていた。

道三郎も眩《まぶ》しそうに目を瞬く。

「上弦の月が出る日にはまた稲荷へ詣でるつもりだが、果たして、それまでに盗賊一味を捕らえられるかどうか……」

道三郎が麻布界隈へ廻って来るのは、通常、上弦と下弦の月が出る日である。

「くれぐれもご用心くださいまし」

道端で長話をしていては、幸左衛門の耳に入る心配があった。結寿が路地へ目をやり、左右を見まわしていた百介がわざとらしく空咳をしたときである。

「泥棒ーッ」

耳をつんざくような声がした。小源太の声である。出所はゆすら庵の裏庭、母屋と借家の真ん中あたりか。

道三郎と百介は同時に動いた。路地へ駆け込む。

結寿もあとへつづいた。

すれちがうのがやっとという狭い路地で、一瞬、すべての動きが停止した。こちら側では道三郎と百介が結寿に背を向けて立っている。一方、路地の奥では、小源太と幸左衛門がこちらを向いて仁王立ちになっていた。双方から挟み撃ちにされて、真ん中でみすぼらしい身なりをした男がひとり、凍りついたように突っ立っている。男が胸に抱えている大きな丸いものは――。

「まァ、西瓜だわ」

井戸端で冷やしていた西瓜を、浮浪者が盗もうとした。小源太が見つけて大声をあげ、幸左衛門が盗人を捕らえようと飛び出した。ところが路地で火盗改と町方が鉢合わせをしてしまった、ということらしい。

両側で追っ手がにらみ合っているので薄気味がわるくなったのだろう、盗人は逃れようとする気力も失せ、地べたへうずくまってしまった。

「申し訳ございません。仕事がねェものかとやって来たんでございますが、このなりでは入りづらく……うろうろしておりますうちに、どうにも腹が減って……出来心でございます。どうか、ご勘弁くだせェまし」

這《は》い蹲《つくば》って許しを請う男のもとへ、真っ先に近寄ったのは小源太だった。

「ならそいつを返しな」

両手を突き出す。

「へい。坊っちゃま。すまねェことをいたしやした」

男は小源太に恭《うやうや》しく西瓜を手渡した。歳は二十代の半ばか。ほおけた総髪と無精髭《ぶしょうひげ》、粗末ないでたちながら悪人面には見えない。むしろ人好きのする優男《やさおとこ》である。

「おめえ、なんてんだ？」

坊っちゃまと呼ばれた小源太は口調を和らげた。

「鳶吉《とびきち》と申します」

「おかしな名だなァ」

「へい。昔は火消しでしたんで」

元火盗改与力と町方同心はまだにらみ合っている。

「さァ、それでは家へ戻りましょう」結寿は鳶吉に目を向けた。「鳶吉さんとやら、一緒にいらっしゃい。百介、食べ物をおあげなさい。ご飯を食べて、顔を洗って、こざっぱりしたなりになってから、ゆすら庵へお行きなさい」

やさしい言葉をかけられて、鳶吉は何度も頭を下げる。

結寿にうながされて、百介、小源太、それに鳶吉の三人はその場を立ち去った。が、幸左衛門はまだ路地に突っ立っている。

「お祖父さまも、さァ……」

「うッ」と幸左衛門は喉をつまらせた。「待て、おぬし、おぬしはなにゆえここにおるのじゃ」

「妻木さまはゆすら庵へいらしたのです。口入屋をお調べになるのは、お仕事の内ではありませぬか」

早々と答えたのがまずかった。

幸左衛門は疑り深いまなざしになる。

「まさか、示し合わせて逢うておるのではなかろうの」

「お祖父さまッ」

言い当てられて結寿はどぎまぎしたが、道三郎は泰然としていた。

「示し合わせてはおりませぬが、ここへ参れば結寿どののお顔が見られるやもしれぬ……そう思うと、つい足が向きまする」

「妻木さまッ」

止めようとしたが遅かった。幸左衛門は拳をにぎりしめている。

「大事な孫娘だ。町方なんぞと噂が立てば傷物になる」

「お顔を見に参るだけ、それならよろしゅうござろう」

「ならぬならぬ。女の顔を見に来るなどもっての外じゃ」

「しかし評判の美人の顔を見たいと願うはだれも同じ、火盗改の娘御であろうと、大川端の水茶屋の女将であろうと……」

思わぬ逆襲をされて、幸左衛門は絶句した。

「ご隠居。かねてよりお願いしております捕り方指南の件、いかがにござりましょうや。指南を受けに参るのであれば、噂の立ちようがござりませぬ」

「うるさいッ、ならぬと言うたらならぬ。とっとと失せろ」

捨て台詞を残して、幸左衛門は家へ向かう。

「妻木さまったら、これではますます嫌われますよ」

道三郎を軽くにらみながらも、結寿は笑い出していた。

三

鳶吉は幸運だった。ゆすら庵へ職探しに出向くまでもなく、仕事にありついた。仕事とは宗仙の家の下働きである。

たまたま宗仙の従僕が腰を痛め、寝込んでいたせいもあったが、それだけではなかった。恋に浮かれた男は気が大きくなっている。いつものように碁を打ちにやって来た宗仙は、台所で残り飯を食い、問われるままに身の上話を語る鳶吉に、すっかりほだされてしまったのだ。

十年近く前、鳶吉は怖いもの知らずの火消しとして人気者だった。武家屋敷が焼ける火事があったとき、奥向きの女たちをいち早く近所の寺へ避難させたのも鳶吉である。この最中に知り合った次代《つぎょ》という娘と、鳶吉は相思相愛の仲になった。が、次代は旗本の奥向きに仕えているだけでなく、すでに当主のお手がついていた。当主は次代に異常な執心を燃やしていたという。

「次代の家は紺屋でした。旗本御用達の呉服屋から仕事を請け負っておりまして、ま、その縁でご奉公にあがったような次第で……。お暇をもらいたくてもおいそれとはもらえない。一度は逃げ出して、夫婦のまねごともいたしましたが……」

結局は連れ戻されてしまった。

鳶吉は江戸にいられなくなって上方へ逃げ、とにもかくにも生き延びた。そろそろほとぼりも冷めた頃かと戻ってみると、次代はとうにお払い箱になっていたという。

「次代の実家もつぶれておりまして、どこへ行きましたものやら。呉服屋のほうは先日押し込みにやられ、主《あるじ》夫婦が斬《き》り殺されたそうでして……」

次代の行方は知れなかった。

「娘と言っても、今じゃ二十五、六になりますか。さぞや辛い思いをしたろうと、思い出さぬ日とてございません」

洟《はな》をすする鳶吉に、だれもが同情した。

とりわけ宗仙は深く心を動かされたようだった。

「鳶吉さんとやら、下働きでよかったらウチへおいでなさい」

「へいッ。そいつは、願ってもねェことで」

話はとんとん拍子にまとまり、宗仙は鳶吉を伴って帰って行った。

結寿は胸を撫《な》で下ろした。

「西瓜が取り持つ粋な縁、こいつァめでたしめでたしってェわけで……」

百介は浮かれ、幸左衛門でさえ、誂《あつら》えたような成り行きには文句のつけようがなかった。

「ちッ、これじゃ商売上がったりだ」

小源太だけが不平をもらしたのは、小童《こわっぱ》ながら、口入屋の倅の面目躍如というところか。


しばらく平穏な日々がつづいた。

夜ごと花火が上がり、老若男女がくり出して、大川は相変わらずにぎわっている。

宗仙はくだんの水茶屋へ三日にあげず通っていた。家では走り描きの下絵をもとに幾枚も女の絵を描いて、これもだめ、こいつも気に入らぬ、と途中で筆を擱《お》いてしまう。完成を先延ばしにして、水茶屋へ通う口実をつくっているのだろう。

「一世一代の傑作をものそうと思うんじゃが……非の打ち所のないものを紙に写し取るはまことにむずかしゅうてのう……」

はじめこそ身を乗り出して聞いていた幸左衛門も百介も傳蔵も、そのうちに馬鹿馬鹿しくなったのか、おざなりに相槌《あいづち》を打っている。

わずかながら秋の気配が感じられるようになった夕刻、竜土町の実家から帰宅した結寿は、玄関へ向かおうとしてはっと足を止めた。

山桜桃《ゆすらうめ》の大木の陰に鳶吉がいる。

鳶吉は一枚の紙を手にしていた。入ろうか入るまいか逡巡《しゅんじゅん》しているところを見ると、なにか相談事があるようだ。

「鳶吉さん、どうしたのですか」

結寿はそっと声をかけた。

鳶吉はうろたえた。

「お嬢さま、こいつァどうも……。あっしはその、実はちょいと……」

「用事があるのでしょう。お祖父さまですか」

「い、いえ、お嬢さまに……」

「まァ、わたくしに……なんでしょう」

「へい。こいつを……」

鳶吉はようやく落ち着きを取り戻し、紙を突き出した。くしゃくしゃに丸めたものを伸ばしたのか、宗仙が反故《ほご》にした下絵らしい。水茶屋の女の絵が描かれている。

「これは？」

「どうにも気になってしかたがねェんでございます」

「水茶屋の女将が何か？」

「次代にそっくりなんで……」

結寿は改めて絵を眺めた。たしかにあの女将だ。しなやかな体つき、婀娜めいたまなざしも、それでいてどことなく品のある表情も、左目尻の黒子《ほくろ》まで描き込まれていた。

とはいっても、しょせん下絵だった。鳶吉は名前や年恰好、宗仙が口にした仕草や癖などを重ね合わせた上で、もしや、と思いついたのだろう。結寿に打ち明ける気になったのは、惚れ込みようを目の当たりにしているので宗仙には言い出しにくく、かといってこのままにしてもおけず……悩み抜いた末だという。

「顔を見て来りゃわかることでございます。行ってみようとは思うんですが、いざとなるとそれもなにやらおっかなくて……」

女が次代だったとして、果たして再会を喜んでくれるかどうか。昔はいなせな火消しだった鳶吉も、今はすっからかんのしがない下働きの身である。愛想づかしをされるのが怖い。もし、万にひとつ、焼けぼっくいに火がついたとなれば、宗仙の恋を踏みにじることになる。それも怖い。

「旦那さまはあっしの恩人でございますから……」

宗仙は鳶吉にたいそうやさしく、読み書きや礼儀作法まで教えているという。

「後足で砂をかけるようなまねはできません」

「事情がわかれば、先生だって了解なさいますよ。鳶吉さんの身の上にあれほど同情しておられるのですもの」

「それならいいんですがね、旦那さまは、おつぎという女に、それこそ夜も日も明けぬほどの執心ぶりで……」

「なにが夜も日も明けないんだって」

いつのまにか百介が女の絵を覗き込んでいた。両手に抱えている包みは葛《くず》きりだ。結寿の供をして竜土町の実家へ出かけ、到来物のお裾分けを渡された。そのまたお裾分けを母屋の大家夫婦に届けて来たところである。

「宗仙先生の恋煩いですよ」

結寿があらましを話して聞かせると、百介は眉根を寄せた。

「先生にとっては、今やおつぎさんだけが生き甲斐ってェわけで」

「それであっしもどうしたものかと……」

「ともかく、おつぎさんが次代さんかどうか、遠くからでもたしかめてみちゃァどうですかい」

「おつぎさんがどういうお人で、どんな暮らしをしているか、それとなく調べてもらいましょう。先生のためにも、今のうちに知っておいたほうが安心ですよ」

あれだけの女っぷりである。男がだれもいないとは思えない。深みにはまって宗仙が厄介事に巻き込まれぬよう、女の素性を探っておくほうがいい。

「そうしてもらえりゃあ、あっしも助かります。なにしろあいつが十六、あっしが十八のときの話なんで。お屋敷から出された、実家もつぶれた……となりゃあ、さぞかしいろいろなことがあったにちがいありやせん。逢いたい、よりを戻したいと言ったって、そう簡単にいかねェことは、あっしも承知しております」

鳶吉は神妙に頭を下げた。鳶吉自身も苦労を重ねた。闇雲《やみくも》に逃げ出して所帯を持った若い頃の無謀さは、もう持ち合わせていないのだ。

「では、おつぎさんのことはわたくしに任せてください」

結寿は請け合った。

「へ、また妻木の旦那ですかい」

「こういうことは町方のほうが話が早いのです」

「とかなんとか言いながら……」

「百介ッ」

結寿ににらまれて百介は首をすくめる。

結寿は道三郎に頼んでおつぎの素性を調べてもらう、百介は鳶吉におつぎを見せる算段をする——ということで話は決まった。もっとも鳶吉は下働きの身、大川端の水茶屋まで行って戻るのは短時間では無理だ。検分のほうはすぐというわけにはいかない。

それでも、解決の糸口をつかんだ鳶吉は安堵して帰って行く。

「さァ、お祖父さまに葛きりを召し上がっていただきましょう」

百介をうながして、結寿も玄関へ急いだ。

四

蜩《ひぐらし》が鳴いている。

暑い暑いとぼやくことしきりだった百介も、心地よさげに鼻歌をうたっていた。

その百介を馬場丁稲荷の門前に残して、結寿は小走りに境内をよぎった。祠に人がいるので、道三郎は馬場につづく雑木林の入口にいる。

「今日は頼み事があるのです……」

もどかしげに言いかけた結寿の声が届かなかったのか、道三郎も競うように声をかけてきた。

「手がかりをつかんだぞッ」

おつぎの件で頭がいっぱいの結寿は、一瞬、なんのことかわからなかった。

「押し込みだ。一両日中には一網打尽にしてみせる」

「まァ……」と、結寿は目をみはった。「では、こうしてはおれませぬね」

「うむ。されどひと言、礼を言おうと思うての」

「礼？」

「さすがは火盗改与力、溝口幸左衛門どのじゃ、これもご隠居のお陰にござるよ」

「祖父が、なにかお役に立ちましたのですか」

幸左衛門には声がかからなかった。そのことでふてくされて、幸左衛門はこのところ家にひきこもっている。

「それが大いに立ったのだ」と、道三郎は眸を躍らせた。「先だって、大川端の水茶屋でお姿を見かけたという話をしたが、覚えておるか」

「はい」

「水茶屋の女将の顔を見に行ったと聞いて、にわかに興味をそそられた。宗仙先生ばかりか、あのご隠居までが関心を示す女子《おなご》とはいったい何者かと……」

いつのまにか、おつぎの話になっている。

「それが押し込みとどういう……」

「あの女、盗賊の一味だった」

結寿は息を呑んだ。

「引き込みをした。そうでない店とは、もともとの知り合いだった。内部の様子を教えたのはあの女だろう」

「まさか……そんな……」

「あの女はかつてさる旗本家の奥向きに奉公していた。惚れ合った男と引き離され、当主の慰みものになったあげく、虫けら同然に棄《す》てられた。この旗本家の御用達がこぞって押し込みにあっている」

公にはならなかったが旗本家も被害にあったと聞いて、結寿は合点した。

「あのおつぎさんの本名は次代さんですね」

「どうして知っておるのだ」

今度は道三郎が目をみはった。

「いつぞやの西瓜泥棒、鳶吉さんが、その惚れ合った男なのです」

結寿は鳶吉と次代の因縁を語った。

道三郎は眉を曇らせる。

「颯爽たる火消しと美貌《びぼう》の奥女中のなれの果てが、西瓜泥棒と盗賊の片割れか」

「夏の夜の花火のようですね。あっけなく闇に沈んでしまうとは」

結寿もため息をついた。二人に華やいだ思い出があるとすれば、それは手に手を取って逃げ、夫婦のまねごとをした束の間の日々だけだろう。

「気の毒だが、女を助けるわけにはゆかぬ」

おつぎには見張りがついていた。早晩、隠れ家へ出向くはずで、盗賊どもはお縄になる。罪は重い。死一等を免れたとしても、遠島《えんとう》になるのはまちがいなかった。

「鳶吉さんには、おつぎさんは次代さんではなかったと伝えます」

「宗仙先生にはなんと言うのだ」

「店をたたんでどこかへ行ってしまったと……なれど先生のことです。はいそうですかとあきらめるとは思えませぬ。あれこれ探れば、おつぎさんの素性もわかってしまうかもしれませぬ」

宗仙にとって、おつぎは天女にも等しい女性《にょしょう》だった。伴侶《はんりょ》を失った孤独な老人に、いっときの夢を見せてくれたのである。夢が消えれば闇は深まる。おつぎがいなくなったあとの嘆きもむろん心配だったが、それ以上に、結寿はおつぎの正体を知ったときの宗仙の衝撃が案じられた。天女と崇めた女が盗賊の一味だったと知ったら、どんなに打ちのめされるか。

「先生に、知られずに済む方法はないものでしょうか」

「人の口に戸は立てられぬ。耳に入らぬよう、祈るしかあるまい」

壁に耳あり障子に目あり。いずれにしても盗賊一味が捕縛されるまでは、この話は結寿の胸ひとつに秘めておかなければならない。

思いに沈んでいると、

「結寿どの……」

と、道三郎が改まった口調で名を呼んだ。

「はい……」

「宗仙先生のことなら心配はいらぬ」

ずそう思う日が来よう」


「さようでしょうか」

「おつぎに惚れたお陰で、伴侶を失った苦しみが癒《い》えた。たとえ束《つか》の間《ま》の華やぎだったにせよ、先生はおつぎに逢《お》うてよかったと思うはずだ。すぐにはそう思えなくても、必ずそう思う日が来よう」

道三郎の言葉に切実な響きを感じて、結寿は思わず顔を上げた。

道三郎は目を逸らせる。ひと息ついて、一気に言った。

「拙者も妻を亡くした。それゆえわかるのだ」

さァ帰るぞ、と、歩き出したときは、いつもの道三郎に戻っている。大捕り物が控えていた。ぐずぐずしてはいられない。

急ぎ足で去って行く道三郎を見送るや、結寿は茫然と晩夏の空を見上げた。

「妻木さまも、ご妻女を……」

年齢からいって、妻女がいないのはおかしい。何度か訊ねようとしたものの、切り出すきっかけがつかめなかった。

では、道三郎も寡夫だったのだ。

そのことをどう考えたらいいのか、今の結寿にはわからなかった。ただ、胸がどきんどきんと脈打っている。

「お嬢さま。そろそろ参りましょう」

百介の呼び声で我に返った。

「すぐに行きます」

応えておいて、結寿は祠へ歩み寄った。

宗仙先生の哀しみが癒えますように、そして妻木さまも――。

両手を合わせ、一心に祈る。

五

光の洪水だった。夜空も、川面も。

今夏、最後の花火に、人々は感嘆の吐息をもらしている。天上から落ちた光の幻と数多《あまた》の船の火影《ほかげ》が溶け合って、大川は天の川のようだ。

「彦星と織女《おりひめ》が出会うたのじゃ。俗世の老人の出る幕ではなかった、そういうことじゃよ」

宗仙は苦笑まじりにつぶやいた。

「またきっと、先生の天女があらわれますよ」

結寿は微笑む。

「いやいや、わしの天女はあの世で待っておる」

「彼岸は彼岸、俗世は俗世。あの世の女人のことは、しばしお忘れなさいまし」

つい力がこもるのは、ここにはいない今一人の寡夫にも聞かせたいからだ。

宗仙は機嫌よく笑った。

「ま、いくつになっても、人を好きになる心は失せぬもの」

「さようですとも」

八月晦日、大川の花火の見納めに行こうと誘ったのは宗仙である。傳蔵とてい夫婦、三人の子供たち、百介、それにどうしたことか、この日は人混み嫌いの幸左衛門までついて来た。

一同は川のほとりに並んで夜空を見上げている。

大輪の花が咲いて散った。

「彦星と織女もどこぞで見ておろうよ」

「ええ。旅の空で、手を取り合って……」

この場に鳶吉はいない。

鳶吉は数日前に姿をくらました。盗賊一味が捕縛された翌朝だった。

鳶吉には、おつぎと次代は別人だと話している。結寿の作り話を信じたものとばかり思っていた。もしかしたら、こっそりおつぎの顔を見に行っていたのか。

鳶吉が出て行ったのは、宗仙の家で働くのがいやになったからではない。おつぎはお縄になっている。二人で示し合わせて逃げたわけでもなかった。

宗仙のため、である。

鳶吉は宗仙にたどたどしい文を残した。そこには、おつぎがかつての想い人の次代であったこと、再会した二人は今も互いに想い合っていること、新たな土地で夫婦として出直すことにしたと書かれていた。恩を仇で報いる結果になった不実を詫び、自分も次代も宗仙の親切に両手を合わせている、とも書き添えてあった。

やっと得た仕事だ。宗仙はじめ近所の人々とも馴《な》れ親しみ、心穏やかに暮らしていた。鳶吉はずっと狸穴の住人でいたかったはずである。

だが、宗仙の悲嘆を和らげ、おつぎの正体を隠し通すためには、ひと芝居打つしかなかった。それが宗仙の恩に報いることだと考えたのかもしれない。

鳶吉は今、どこで、なにをしているのか。平穏であってほしい、西瓜泥棒など二度としないで済むように……。

結寿は、鳶吉とおつぎの若き日々を思った。

人は弱いから、油断をすれば、闇の淵《ふち》に足をとられてしまう。けれど宗仙のように、鳶吉のように、他人を思いやる心があれば、闇を恐れることはない。

「これでほんとうに夏もお終いですね」

「うむ。夢果てぬ天女も鬼女も遠花火……じゃ」

宗仙は目くばせをした。

おや、と、結寿は宗仙の横顔を見つめる。

もしや、鬼女とはおつぎのことか。とすると、宗仙はなにもかも承知していたのでは……。

聞き返す暇はなかった。

わーッとひときわ大きな歓声が沸いて、最後の花火が夜空を彩る。

最後と思えばこそ際だつ華やぎに、結寿の眸はうるんでいた。

ミミズかオケラか

一

もの想う季節。

ゆすら庵の裏庭にある山桜桃《ゆすらうめ》の大木も枯れ色に染まり、強風が吹くたびに、早々と生に見切りをつけた葉っぱが舞い落ちる。薄紅の花におおわれる春、小さな実がたわわに生《な》る初夏を経て、これからしばらくは落ち葉を掃き集める日々がつづく。

ため息がもれたのは落ち葉のせいか、それとも……。

竹箒《たけぼうき》を動かす手を休めて、結寿《ゆず》は梢を見上げた。吸い込まれそうな高い空にいわし雲が浮かんでいる。草むらから聞こえているのは虫の声。

これが実家なら、継母に大目玉を食うところだった。火盗改与力の娘が庭を掃くなどめっそうもない、他人《ひと》さまに見られたらなんとするのじゃ……と。

さようなことは手前がいたします――そう言って百介も飛んで来るはずだが、幸い百介は幸左衛門のお供で高輪へ出かけていた。俳諧の師匠の弓削田宗仙も一緒だというから、句会でもあるのだろう。このところ幸左衛門は捕り物に首を突っ込む意欲をなくしたようで、隠居らしく悠然と日々を送っている。

というより、幸左衛門がしゃしゃり出るほどの事件がない。少なくとも結寿のまわりは平穏だった。

再び手を動かす。あらかた掃き終えたとき、路地で子供の声がした。ぼそぼそと低い声で話している。

小源太がまた悪戯《いたずら》の相談をしているのだろう。今度はなにをやらかすつもりか。

結寿は路地へ出た。

四人の子供がいた。三人が一人を取り囲んで、なにか言い含めている。いや、脅しているようにも見えた。四人とも町家の子供たちだが、三人ははじめて見る顔だ。こちらに背中を向けている、ひょろりとした男児は——。

「弥之吉ちゃん……」

小源太ではなかった。兄の弥之吉である。

弥之吉は人見知りで、十二になるのに八歳の小源太に負かされてばかりいた。弥之吉が同年代の子供たちと遊んでいるのは見たことがない。

うっかりもらした声が聞こえたのだろう。三人は結寿を見た。大柄な子、丸顔の子、顎の尖った子……顔立ちも体つきもまちまちだが、六つの目にはいずれも子供らしからぬすさんだ色があった。

三人は素早く顔を見合わせた。結寿には聞こえない小さな声で弥之吉になにか言い残し、きびすを返して去って行く。

弥之吉はまだ、結寿に背を向けて突っ立っていた。

「ねえ、弥之吉ちゃん……」

もう一度声をかけると、夢から醒《さ》めたように振り向く。日頃から顔色のわるい子供だが、薄暗い路地にいるせいか、いつにも増して青白く見えた。

「どうしたのですか」

結寿は訊ねた。

弥之吉は一瞬、なにか話したそうな素振りをした。が、なにも言わないで、駆け去ってしまった。

いじめられているところを見られたのが恥ずかしかったのか。声などかけなければよかった、わるいことをしてしまったと結寿は悔やんだ。

家へ戻ろうとして大木の下を通りかかると、風もないのに、ひらひらと楕円形《だえんけい》の葉が落ちてきた。拾い上げて、秋の陽にかざしてみる。

枯葉ではない。まだ艶やかな葉っぱだ。

散り急がずともよいのに――。
年頃の娘らしく吐息をもらしたときにはもう、弥之吉のことは忘れていた。

二

「十になるやならずの娘っ子でございます」

百介は眉を八の字に動かして、哀悼の意を表した。

「かわいそうに。どうしてそんなところにいたのでしょう」

結寿も顔を曇らせる。

高輪へ出かけた幸左衛門と百介は、大木戸の名物の牡丹餅《ぼたもち》だけでなく、通りすがりに聞き込んだ噂を持ち帰った。それによると、一ノ橋の近くの掘割で女の子の死体が見つかり、大騒ぎになっているという。

「先日の雨で土手はぬかるんでおりました。身を乗り出したところがズルリとすべって落っこちた……ってなことでござんしょう。ただ、どうしてそんな土手っ縁にいたのかとなると……こいつァ『どう考えてみても、合点がゆかぬ。とんと合点がゆかぬわえ』ってなわけでして……」

幇間上がりの百介は、なにかといえば歌舞伎の口調をまねる。

「およしなさい、こんなときに」

結寿は眉をひそめた。

「身元はわかったのですか」

「へい。新網町の棒手振《ぼてふり》の娘だそうで」

「だったらご近所ではありませんか」

「お父つぁんは親父さんの顔見知りだそうですよ」

親父さんというのは口入屋の主人の傳蔵である。

ここは狸穴町、新網町は麻布十番の通りを南へ下って掘割へ出る手前にある。

女の子の名はおとり、父親は長七で、父娘は新網町の長屋に住んでいた。長七は一年近く前まで天秤棒《てんびんぼう》を担いで魚を売り歩いていたという。

「今はなにをしているのですか」

傳蔵の顔見知りの娘と聞けば、なおのこと、聞き流すわけにはいかない。

「呑んだくれておるんじゃ」

牡丹餅を食べていた幸左衛門が口をはさんだ。

「昨年の冬、近所で火事があったのを、お嬢さまは覚えておいででしょうかね。火元はお武家さまのお長屋で、隣の新網町にも焼け広がって……。長屋をいくつか焼いたところで消し止めました。長七はそのとき火傷を負ったんでございます」

百介が説明をつけ足した。

「火事は風にあおられて行灯《あんどん》が倒れたせいだった。ところがあやつは付け火だ、怪しい人影を見たとかなんとか大騒ぎをしおった。まるで我らが役目を怠けておるような口ぶりじゃった」

隠居とはいえ、幸左衛門は骨の髄まで火盗改である。火盗改の悪口を言われて黙ってはいられない。

「長七は口うるさい頑固者で、近所の衆から煙たがられていたと申します」

「でもどうして……火傷がもとで天秤棒が担げなくなったのですか」

結寿の問いに男二人はうなずく。

「燃えた梁《はり》が落ちてきたそうで、避けようとして肩をやられたとか。女房もそのときの火傷がもとで亡くなったそうです。それからは、やる気も失せたんでしょう。近頃は昼間っから酒びたり、酔っぱらうと手がつけられないそうで……」

「番所へ引っ立てれば火事のせいだ、火盗改はだらしないと、言いたい放題」

「娘が近所の手伝いをしたり内職をしたりして、それでなんとか食いつないでいたそうですが……」

「そのくせ、娘にもしょっちゅう悪態をついとった。酒瓶を取り上げようとした娘を突き飛ばして、怪我をさせたこともあるそうじゃ」

長七の評判はさんざんのようだった。長屋の住人からも愛想づかしをされているらしい。

「気の毒な娘さんだったのですね。まだ小さいのに……」

火事に遭って母親を失った子供が、怪我をして働けなくなった父親の面倒をみていた。どんなに辛《つら》い暮らしだったか。身近にそんな子供がいたとも知らず、のうのうと暮らしていた我が身が後ろめたい――。

思ったままを口にすると、百介はいつになく険しい顔になった。

「おとりのような子供はいくらもおりますよ。近くにいたからって、手前どもにできることなどありません」

「そうかしら……」

「あっしも親に棄てられたクチだから言うんですがね、親子ってもんには、他人さまにはわかりようもない縁《えにし》があるものでして……」

結寿ははっと百介の顔を見た。百介が自分の生い立ちに触れたのははじめてである。言われてみれば、そのとおりだった。同情するのは容易《たやす》いが、親でもない身にできることは知れている。

「親は子を選べない、子は親を選べない……というわけですね」

結寿は神妙な顔になった。

百介はいつもの剽軽《ひょうきん》な顔に戻って、菓子の包みを差し出す。

「それより、さァ、お嬢さまもおひとついかがでござんしょう。牡丹餅の店は一度つぶれたそうですが、今じゃまた大流行り、昼前には売り切れてしまうそうで……甘いものに目のない宗仙先生が従僕を走らせてくだすったのでございますよ」

勧められて手を伸ばしかけた。そのくせなにやら胸がつかえているようで、結寿は手を引っ込める。

三

翌日の午後のことだった。

「ねェ、姉ちゃん……」

小源太が縁側からのそのそと這い上がって来た。

幸左衛門の声が聞こえている。裏庭で火盗改方の若者たちに捕り方指南をしているのだ。もっとも厳しい稽古に音を上げて逃げ出す若者が続出して、今ではせいぜい三、四人集まれば御の字である。

「なんですか、汚い足で」

結寿は眉をひそめた。

「いいからいいから。それより、これ」

突き出した手も、足に劣らず汚い。

結寿は出かかった小言を呑み込んだ。小源太に小言を言ったところで、笊《ざる》で水を汲むようなものである。

「御札ですね」

小さく折り畳んだ紙を受け取った。よれよれの紙を開く。真ん中に墨文字が書かれていた。にじんでぼやけているので「上」のようにも「土」のようにも「士」のようにも見える。御札は縦横各々一尺（約三十センチ）ほどの四角い紙だ。

「なんだかわかる……」

「さァ……なんの御札かしら。どこで見つけたの」

「水瓶の下」

御札を祀《まつ》るにしては妙な場所だ。と、思ったら、祀ったのではないという。

「兄ちゃんが隠したんだ。隠すとこ見つけたから、こっそり持ってきた。だって変だろ。こんなもん、水瓶の下に隠すなんてさ」

結寿は御札に目を戻した。寺社の名前はどこにもない。

「お父さんかお母さんに訊いてごらんなさい」

「だめだよ。秘密の御札なんだから。父ちゃんに叱られたら、兄ちゃん、ますますおかしくなっちまう」

日頃は平気で兄をいじめる弟が、今日は味方をしようというのか。

「それがさ、おまんまもろくに食べないんだ。青い顔で天井をにらみつけてるかと思うと、壁に向かってぶつぶつ言ったり……。ほんとに変なんだよ」

さすがに心配になったものらしい。

「わかりました。何の御札か調べてみましょう。これは元の場所へ戻しておいたほうがいいわね」

「うんッ。ひとつ頼まァ」

小源太は元気よく帰って行く。

結寿は昨日の出来事を思い出していた。

出来事といっても、弥之吉が三人の子供たちに絡まれていた、というだけのことだ。あれは御札と関係があるのだろうか。弥之吉はあの御札のことで、のっぴきならない立場に立たされているのかもしれない。

こういうことは町方の領分だった。町方同心の妻木道三郎に頼めば、御札がどこのものか、調べてもらえるはずである。

道三郎を想うと胸がときめいた。正月にひょんなことから出会って以来、少しずつ距離を縮め、今ではときおり馬場丁稲荷で立ち話をする仲である。人目を忍ぶ逢い引きとはほど遠いが、仄《ほの》かな想いは互いの胸の中で育っている。

むろん、それだけのことだった。

道三郎は妻女を亡くした寡夫《やもめ》で、結寿より十も年上である。おまけに――これがなにより問題だが――町方の同心だった。火盗改と町方は犬猿の仲。火盗改与力の娘で、町方を天敵のごとく嫌っている幸左衛門の孫娘では、この先、進展のしようがない。

そんなこと、わきまえていますとも――。

結寿は唇を嚙みしめた。

御札について調べてもらうのは、弥之吉のためだ。子供の悩みを軽々しく考えてはいけない。大人には小さなことでも、子供の心はとてつもない傷を受けることがあるのだから。

「どうかしましたか。怖い顔をしていますよ」

声をかけられて、はっと目を向ける。

火盗改同心の奥津貞之進が、庭先に佇んで、けげんな顔で結寿を見つめていた。捕り方の稽古が終わったところらしい。この季節なので流れるほどの汗ではないが、顔が汗ばんでいる。

「なんでもありませぬ。ただ……何事もなく平穏だと思っていても、そうではない、まわりではいろいろなことが起こっているのですね。それを思うと……」

悩み事を抱えているらしい弥之吉を思って言うと、貞之進は一変、深刻な顔で近づいて来た。

「もしや、おとりのことでは……」

「え？　ええ……」

「まったくひどい話があったものだ。実の親が娘を掘割へ突き落とすとは」

思いがけない話に、結寿は目をみはる。

「では、おとりは父親に突き落とされたのですか」

「おそらく。町方が長七を引っ立てたと聞きました」

貞之進によると、長七がおとりを突き落とすところを見たという子供が現れたのだという。掘割は辺鄙《へんぴ》な田舎にあるわけではない。周囲には武家屋敷もある。町家もある。昼日中なら人通りもあった。土手で遊んでいた子供が見ていたというなら、まちがいはなさそうである。

とはいえ――。

いくら呑んだくれの暴れ者でも、父親である。血を分けた娘を掘割へ突き落とすとは、どういう悪鬼がとりついたのか。

「長七も下手人だと認めているのですか」

信じがたい思いで訊ねると、貞之進は首をかしげた。

「娘の死に驚いているようで……むろん認めてはいないが、娘の死体が上がったときもひどく酔っていたとやら。見た者がいるとなれば、もはや言い逃れはできますまい」

陰惨な事の成り行きに、結寿は言葉を失っていた。

「それはそうと、姉が結寿どのに逢いたがっておりました。子ができたそうで……」

「まァ、おめでとうございます」

「一度、一緒に行ってもらえませぬか」

「わたくしも佐代さまにお逢いしとうございます。お祝いを申し上げなければ」

「では、決まりですねッ」

貞之進は白い歯を見せた。爽やかな若者の顔に、見まちがいようのない、恋慕の色が浮かぶ。

結寿は当惑した。

貞之進は自分に好意を抱いている。そのことは前々から感じていた。新米の火盗改同心の中でも、貞之進はとりわけ幸左衛門のお気に入りだった。格下の同心なので結寿に求婚するには遠慮があるのだろう、幸左衛門も孫娘の相手としては考えていないようだ。が、少なくとも、道三郎と比べればはるかに分がいい。

結寿も貞之進に好感を持ってはいたものの……。

「求馬さまが待っておられますよ」

同輩の早川求馬の名前を出して、結寿は貞之進を追い立てた。

では近々……と、折り目正しく挨拶をして、貞之進は去って行く。

おとりの悲劇を思い、弥之吉の悩みを思い、思うようにならぬ恋の行方を思って、結寿はため息をついた。

四

二度あることは三度ある。

おかしな偶然は重なるものだ。

子供、子供……と思って馬場丁稲荷へ出かけたら、またもや子供に出会《でくわ》した。しかも驚くなかれ、子供の手を引いていたのは――。

「おう、よいところに来てくれた。結寿どのは救いの神だ」

道三郎は心底、ほっとしたようだった。

「しばらく見ていてはもらえぬか」

少し離れたところで、顔見知りの下っ引が貧乏ゆすりをしている。親分の岡っ引に命じられて、道三郎を呼びに来たのだろう。子供を連れて行くわけにもゆかず、困っていたらしい。

「こいつをどこへ預けようかと悩んでおったのだ」

「それはむろん、よろしゅうございますが……」

「一刻ほどで戻るゆえ、頼む」

子供は男児で、六つか七つか、賢《さか》しげな目で二人を見比べている。道三郎がつないでいた手を突き出したので、結寿はいとけない手を手のひらの中におさめた。人なつこい子供で、素直に結寿に手を預ける。

「あのう……」

「名は彦太郎だ」

「彦、太郎、どの……わかりました。それで……」

「そうか。ずっとここにはおれぬか。ここにおらなんだら、ゆすら庵へ迎えに行こう」

「それはよいのですが……」

道三郎は彦太郎に目を向けた。

「よいな。このお人に遊んでもらえ。我がままを言うて困らせてはならぬぞ。よい子にしておれよ」

「はい」と彦太郎はうなずく。

「よし。さすれば父は御用に出かけるゆえ……」

「父！」

結寿は即座に問い返していた。驚きのあまり目の前がくらくらしている。

道三郎はてれくさそうに目を瞬いた。

「ひとりではどうにもならぬゆえ、姉の家に預けておるのだ。が、たまには相手をしてやらねば顔を忘れられる。家へ連れ帰ったところが、姉の家の息子が流行病《はやりやまい》に罹《かか》ったと知らせがきた。となれば帰すわけにもゆかず……」

結寿は懸命に動悸を鎮めた。道三郎に子供がいたからといって、なんの驚くことがあろうか。そうはいっても——。

「すまぬの」

「いえ……」

彦太郎に目を向ける。道三郎によく似た凜々《りり》しげな顔だちの子供だった。

「では彦太郎どの、お父上が戻られるまで、わたくしと一緒に遊びましょうね。わたくしは結寿と申します」

彦太郎はこくりとうなずく。

「では」

「あ、お待ちください」

結寿はふところから紙きれを取り出した。上、土、士と三つの字が書いてある。

「御用のところ申し訳ないのですが、親分さん方にお会いになられるのでしたら訊ねてはいただけませぬか」

時間のかかることではない。どこの御札か、それが知りたいだけだ。あわただしく説明をしていると、後ろで声がした。いつのまに歩み寄ったのか、下っ引が紙を覗き込んでいる。

「それならまちがいございません。上の字様でございましょう」

「上の字様……」

「へい。山崎さまのお屋敷へ行けばもらえます」

山崎さまとは備中成羽《なりわ》の領主、山崎主税助《ちからのすけ》のことだという。屋敷は馬場丁稲荷から西南に半里ほど、くらやみ坂か一本松坂を上りきって、道なりに下ったところにあった。

今から十年前の文政四年（一八二一）七月二日、古川近辺より火が出て、麻布の大半が焼けてしまった。このときなぜか山崎家だけが焼け残った。これは屋敷内に蝦蟇《がま》池と呼ばれる五百坪余りもある広大な池があり、この池に住み着いた大蛙《おおがえる》が水を吹きかけて火を防いだからだとか。噂が広まるや、大蛙を拝みに人が押し寄せた。そこで山崎家では防火・火傷のお守りとして「上」と書いた御札を配るようになった。

竜土町の組屋敷で生まれた結寿は、武家育ちなので知らなかったが、飯倉町や宮下町、本村上ノ町など、周辺に住む人々はだれでも知っているという。

「助かりました。お引き留めして申し訳ありませんでした」

結寿は頭を下げ、道三郎と下っ引を送り出した。こんなに簡単にわかるとは思わなかったので、かえって茫然としている。

弥之吉はなぜ、火除けや火傷の御札を持っていたのか。隠す必要もないのに、なぜ水瓶の下へ隠したりしたのか。だれもが知っている御札だけに不可解である。

「結寿さま……」

つないだ手を引っぱられて、結寿は我に返った。

「大蛙を見とうございます。連れて行ってください」

彦太郎が期待を込めて見上げている。

「行ったところで、蛙を見せてもらえるかどうかわかりませんよ。御札ならもらえるでしょうけど」

「御札をもらって、父上に差し上げます」

熱心に言われれば、結寿の心も動いた。山崎家で訊ねてみようか。弥之吉がなぜ御札をもらいに行ったのか、そのわけがわかるかもしれない。

「たくさん歩かなければなりませぬよ。坂もありますし」

「父上と家へ帰るときは半日も歩きます」

稲荷から山崎家へ行く道は、稲荷と狸穴のゆすら庵を往復するほどの道のりだった。子供連れでも行けなくはない。

「そうですね。ちょうどお父上が戻られるまでに行って帰って来られますね」

善は急げである。

結寿は山崎家へ行ってみることにした。


彦太郎は自慢しただけあって健脚だった。

「早く大きくなって、父上のようになりたいのです」

剣術の稽古にも励んでいるという。

歳は七つだというが、礼儀正しく人なつこい少年に感心する一方で、結寿は少年の境遇に同情していた。母親を亡くし、伯母の家で育てられている。子供ながら気を遣うこともあるはずである。たったひとつ年上の小源太の腕白ぶりを思えば、彦太郎はどこかで無理をしているように思えた。父親の話ばかりするのも、ほんとうは寂しいせいではないか。

「お父上と一緒に暮らせるようになるといいですね」

結寿は彦太郎の手をぎゅっと握った。

「それには父上が身を固めないとだめだそうです。身を固めるって、結寿さま、新しい母上ができるということでしょう」

無邪気な顔で訊かれて、結寿はどぎまぎした。

「そうですね。お父上は新しいお母上をお迎えにならぬのですか」

「伯母上はいつも文句を言っておられます。父上がうんと言わないと言って……」

「困ったお父上ですね」

思わず忍び笑いをもらしたのは、気持ちが昂っていたからだ。まさか、道三郎の息子とこうして手をつないで歩くことになろうとは……。

一本松坂を上り、道なりに下って、山崎家へたどり着いた。麻布界隈には広壮な武家屋敷が多いので驚きはしないが、山崎家の敷地も狸穴町がすっぽり入ってしまうほど、いや、それ以上の広さがあるようだ。

門番に訊ねると、脇の入口へ行けと教えられた。池の大蛙には対面できないが、そこから入るとお堂があって、御札がもらえるという。

火事騒ぎの余韻が冷めやらぬ頃とはちがって、今はさほど参詣者も多くはないようで、お堂の隣の社務所では老武士がいねむりをしていた。おそらく隠居した武士が駆り出されているのだろう。

持ち合わせの銭を出して、御札をもらった。

「三日か四日ほど前ですが、子供が御札をもらいに参りませんでしたか」

覚えていないだろうとは思ったが、訊いてみる。

「子供……おう、十かそこいらの子なら参った。子供がひとりで来るのは珍しいゆえ、顔までよう覚えとる」

結寿は目を輝かせた。

「ひょろりと痩せて、顔色のよくない男の子ですね」

「いや、女の子だ」

「女の子……」

「父親がひどい火傷を負ったそうじゃ。仕事ができなくてかわいそうだから御札をほしいと……新網町からひとりで歩いて来たというたかの。殊勝な子がおるものじゃ」

貧しげないでたちだったので、銭は取らなかったという。

おとりだ——と結寿は即座に思った。

おとりは父親のために御札をもらいに来たのだ。ひとりでここまで来るとは、並々ならぬ思いがあったのだろう。他人がなんと言おうと、どんなにひどい扱いを受けようと、おとりはだれより父親の身を案じていたのではないか。

弥之吉の秘密を知るはずが、いつのまにか、おとりの話にすり替わっている。

礼を言って帰路についた。帰りは休み休み歩く。

道々、結寿は考えていた。

子供は、たとえ離れて暮らしていても、自分が親から大切に思われているかどうかわかるものだ。彦太郎が一心に父親を慕っているのは、道三郎が息子を大切に思う心がちゃんと伝わっているからだろう。

おとりも父親を慕っていた。おとりと長七の間には、余人の入り込めない絆《きずな》があった。つまり、長七もおとりを大切に思っていたということだ。たとえ行動が伴わなかったとしても。

その長七が、酔っていたとはいえ、娘を掘割へ突き落としたりするものだろうか。もし長七が悪鬼なら、おとりを売り飛ばせばよい。女の子なら高く売れる。殺してしまっては一文の得にもならないどころか、明日からの暮らしにも困る。

いずれにしても、おとりは御札をもらって帰った。その御札はどうなったのか。弥之吉が隠したという御札はよれよれだった。墨文字がにじんでいた……。

結寿はあッと声をもらして足を止めた。

「どうしたのですか」

彦太郎がけげんな顔を向けてくる。

「あの御札は水の中に落ちたのだわ」

「あの御札って……」

「もう一枚の御札のことです。あれはおとりが落として、弥之吉が拾った……」

結寿は思わず声をあげそうになった。

その答の意味するところは、もしや——。

「結寿さま、ねえ、結寿さまってば……」

「ごめんなさい。ごめんなさいね、彦太郎どの。なんでもないのです。さァ、参りましょう」

再び歩き出しはしたものの……。たったいま思いついた恐ろしい考えにとらわれて、結寿は血の気を失っていた。

五

結寿と彦太郎は馬場丁稲荷で道三郎の帰りを待った。いくらもしないうちに、道三郎は岡っ引への文句を口にしながら戻って来た。

「それがしが参るほどの用ではなかった。寛次め、こそ泥くらいで大騒ぎをしおって……。ほう、山崎さまのお屋敷まで参ったか」

道三郎は親しげな二人の様子に目を細めた。

「これは父上に差し上げます」

彦太郎は御札を差し出した。得意そうな顔で父を見て、その目を結寿に向ける。にこりと笑った顔が愛らしい。

「結寿さま。ありがとうございました」

「ほんに、よい坊っちゃまですね」

結寿も笑みを返した。

麻布十番の通りを並んで歩きながら、彦太郎は山崎家のお堂にお詣りをした話や往復の坂道の話など、父親に報告している。久々に父といられるので、うれしくてたまらないのだろう。

いじらしさに微笑みつつ、胸の半分に心配事を抱えた結寿は上の空だった。

「こいつも結寿どのにすっかりなついてしまったようだの」

父ではなく結寿と手をつないでいる息子を見て、道三郎もうれしそうな顔である。が、むろん、道三郎も結寿の屈託に気づいていた。

「なにか気がかりでもおありか」

「いえ……。はい。実は、この御札のことで少々気になることがあるのです」

「ほう、どのような気がかりか」

「この次、お逢いしたときにお話しいたします。それまでお待ちください」

今はまだ話すわけにはいかなかった。本人にたしかめもしないで、弥之吉への疑念を口にするのははばかられる。

気弱な弥之吉である。おとりを掘割へ突き落とした、などと、疑っているわけではなかった。が、弥之吉はおとりの死にかかわっている。なにがあったか知っているはずだ。

あのよれよれの御札はおとりのものだと、結寿は確信していた。

狸穴町へさしかかったところで父子と別れる。路地へ曲がり込んだ。

結寿は数日前の光景を思い出していた。

三人のすさんだ目をした子供たちがいた。弥之吉は怯《おび》えていた。あれはいったいなんだったのか――。

山桜桃の大木はまた少し枯葉を落として、冬を迎える準備を着々と進めていた。

落ち葉を踏みしめる。とそのとき、どこかでジィジィと奇妙な音がした。虫の声らしからぬ、低く切れ目のない音……。

弥之吉と話してみなければ――。

結寿は追い立てられるような気分になっていた。

六

ゆすら庵の脇の路地を入ったところに空き地がある。その日の夕方、弥之吉は空き地の片隅にしゃがみ込んでいた。

「なにをしているの」

結寿はさりげなく声をかけた。

「ミミズが……鳴いてたから」

弥之吉は消え入りそうな声で答えた。

それだけで結寿はぴんときた。

「掘割の土手でも、ミミズが鳴いていたのですね」

結寿は弥之吉の傍らへしゃがみ込んだ。

「弥之吉ちゃんは上の字様の御札を持っているのでしょう」

弥之吉は答えない。

「あの日、おとりちゃんが掘割へ落ちた日です、弥之吉ちゃんは通りすがりにミミズの声を聞いた。それで土手の藪陰《やぶかげ》でミミズを探していた……ちがいますか」

細いうなじがわずかに前へかしいだ。

「そこへおとりちゃんがやって来た……」

薄い背中がひくりと動いたのは、結寿に真実を言い当てられたからだろう。

「おとりちゃんは山崎家へ行った帰りで、御札を持っていた。弥之吉ちゃんを見かけて話しかけようとしたのか、近くまで来たとき、わるさばかりしている三人の子供が追いかけて来た……これはわたくしが勝手に考えたことです」

弥之吉はじっとうずくまっている。

結寿は片手を伸ばして狗尾草《えのころぐさ》を引き抜いた。狗尾草は緑の穂が子犬の尻尾に似ているのでつけられた名前だが、別名猫じゃらしとも呼ばれる。

「あのね、弥之吉ちゃん、いいことを教えてあげましょう。ミミズは、鳴かないのですよ」

弥之吉は顔を上げた。はじめて結寿を見る。

「わたくしも子供の頃はミミズが鳴くのだと思い込んでいました。だってそう聞かされていますものね」

昔、蛇は目がなく、歌が上手だった。ミミズが歌を教えてほしいと頼むと、蛇は「目と替えっこなら教えてやろう」と答えた。ミミズは目を蛇に差し出して声をもらった。ところがもらってみるとひどい悪声で……これは老人が子供に語るお伽噺《とぎばなし》である。

弥之吉は目をみはっている。

「だったら、ジジィいうのはなんの声……」

「ケラという虫の鳴き声です。オケラを知ってるでしょう。田畑の土の中にいる小さな虫で、イナゴみたいだけれど土のような色をしていて、夜になると飛ぶという……」

「そいつなら作物の根っこを食べる害虫だよ」

「そう。そのオケラが地中で鳴いているのです」

「嘘だい」

「ほんとですよ。鳴いているのはオケラなのに、ミミズだとだれもが信じているのです。

一度信じ込んでしまうと、だれもほんとのことを知ろうとしない、そうして嘘が真《まこと》になってしまうのです」

弥之吉は眉間にしわを寄せている。

結寿は緑の穂をくるりとまわした。

「耳障りな声だと言って踏みつぶされても、ミミズは文句を言えませぬ。だってほら、声がないのですもの。かわいそうに、犯人でもないのに」

裾を払って立ち上がろうとすると、弥之吉がぼそりとつぶやいた。

「見てたんだ……」

結寿はもう一度しゃがみ込む。

「なにを、見たのですか」

二人は目を合わせた。

「弥之吉ちゃんが話したとは言いませぬ。心配しないで、話してごらんなさい」

弥之吉は目を逸らせ、大きく息を吐き出した。

「あいつら、おとりの御札を取り上げようとしたんだ。そしたら御札が掘割に落っこちゃって……おとりはあわてて御札をつかもうとしたんだけど……」

悪童どもは長七にいつも叱られていた。その腹いせに、おとりを見つけると、からかったりいじめたりしていた。おとりも気丈な娘だから負けてはいない。この日は御札の取り合いになり、揉み合っているうちに御札が舞い落ちた。手を伸ばしたおとりは足がすべり、掘割へ転落してしまった。

「人を呼びに行こうとしたんだ。けどやめろと止められた。おとりは……もう死んでるからって。ほんとに死んでたんだ」

もがきさえしなかった。転落した際、石にでも当たったか、しばらく水中に沈んだままだった。浮かび上がったときはすでに死人の形相だった。

——やばい、逃げろ。

三人は駆け去った。日頃からいじめているので、おとりを突き落としたと思われてもしかたがない。いずれにしても、責任の一端はあるのだ。

弥之吉も動転していた。憑かれたように水辺へ下り、おとりの名を呼んだ。が、おとりはうつぶせに浮かんだまま、少しずつ一ノ橋の方角へ流されてゆく。橋の周囲には人が行き交っているから大騒ぎになるにちがいない。

怖くなった。目の先の水辺に落ちていた御札を拾って、弥之吉も逃げ出した。

「なんであんなもの拾ったのか……」

捨てようとしたが、バチが当たりそうで捨てられなかった。水瓶の下へ隠した。

翌日、弥之吉は悪童どもに呼び出され、よけいなことをしゃべるなと脅された。が、このまま黙っていてもよいものか。長七が娘殺しの罪で捕まったと聞き、長七を土手で見かけたと嘘をついたのが悪童どもだと知れば、なおのこと後ろめたかった。恐ろしさと後ろめたさの板挟みになって食物も喉を通らない。

今や、弥之吉はすすり泣いていた。

「よう話してくれました。もう心配はいりませぬ。あとのことはわたくしに任せて、おとりちゃんの冥福《めいふく》を祈っておあげなさい」

結寿は弥之吉の背中をさすってやる。

目の前でおとりが死んだ。助けることもできず、人に話すことさえできず、小さな胸をどんなに痛めていたことか。

「土の中にばかりいないで、オケラも空の下で鳴けばいいのにね」

連れだって空き地を出た。

胸のつかえを下ろして、弥之吉の顔には明るさが戻っていた。

七

事は急を要する。

結寿は百介を八丁堀まで使いに出した。道三郎におとりの死の経緯を知らせ、無実の長七を解き放ってもらうためである。

百介は勇んで飛び出して行った。

そして——。

子供の手を引いて帰って来た。

「彦太郎どのッ」

「旦那は非番で家におられましたが、あいにく小者も賄いの婆さんも不在でして……」

これから番所へ出かければ不寝《ねず》の御用となるかもしれない。道三郎は息子をひと晩、結寿に託して出かけたという。

「結寿さま。よろしゅうお願いいたします」

七つの子供に大人びた挨拶をされれば、むろんいやとは言えない。道三郎の息子だ。また逢えてうれしい。結寿も大歓迎したいところだったが……。

「お祖父さまにはなんと言えばよいのでしょう」

幸左衛門の町方嫌いは年季が入っている。とりわけ道三郎とは手柄を張り合う競争相手だった。道三郎の息子とわかれば、どんな顔をするか。

「へい。そのことならご安心ください。坊っちゃまには道々よおく事情をお話しいたしましたから」

「父上の名は口にいたしませぬ」

二人は口をそろえる。

それならばと結寿もうなずいた。彦太郎を伴って茶の間へ入る。

結寿は実家にいたとき、よく歳の離れた弟妹の相手をしていた。そのときのことを思い出して、一緒に絵を描いたり文字を教えたりして遊んでやった。

奥の間から出て来た幸左衛門が、見知らぬ子供と楽しげに寄り添っている孫娘を見て目をみはったのは言うまでもない。

「今宵はお世話になります」

礼儀正しく挨拶をした彦太郎にうさんくさそうな目を向けたものの、百介の入れ知恵だろう、

「お祖父さまは捕り方の名人とうかがいました。わたしにも教えてください」

無邪気な顔で言われて、幸左衛門は相好《そうごう》をくずした。それでもまだ、どこかで見たような気がするのか、しきりに首をひねっている。

ともあれ、彦太郎は百介の知り合いのお武家の子供ということで、無事、溝口幸左衛門の隠居宅でひと夜を過ごした。愛らしい寝顔に見とれたのは結寿だけではない。

「なかなか賢い子供だ。また遊びに参れ」

お祖父さま、お祖父さまとなつかれて、翌朝、百介が連れ帰る段には、彦太郎より幸左衛門のほうが名残惜しそうな顔だった。

「では坊っちゃま、参りましょう」

「はい。お祖父さま、結寿さま、ありがとうございました」

彦太郎を見送ったあと、結寿は少しばかり考え込んでしまった。幼い頃から親戚の家へ預けられて、彦太郎は必要以上にまわりに気を遣う子供になってしまったのではないか。非の打ち所がないのが、かえって気にかかる。

腕白小僧の小源太。

臆病者の弥之吉。

良い子すぎる彦太郎。

子供は子供で、それぞれの苦楽を抱えている。

わずか十歳で生を断ち切られたおとりを思って、結寿は目頭を押さえた。


いつもの馬場丁稲荷で結寿と道三郎が立ち話をしたのは、それから十日ほど過ぎた九月の下旬である。

秋もたけなわ。稲荷の境内にもそこここに枯葉が落ちている。

まずは息子が世話になった礼を述べた上で、道三郎はおとりの事件の顚末を教えた。

「それでは長七さんはお縄を解かれたのですね」

弥之吉が真実を打ち明けてくれたお陰で、長七は無実の罪をかぶらずに済んだ。

だが、道三郎の顔は晴れやかとは言い難かった。

「長七は、最初こそ身に覚えがないと言い張っていたが、そのうちにもうどうでもよくなったようだ。火事で女房を亡くし、ひとり娘にも死なれて、生きてゆく気力も失せたのだろう」

「長七さんはおとりちゃんを大切に思っていたのですね」

「おとりが父親のために御札をもらいに出かけたように、長七もおとりの行く末を気にかけていたらしい。女衒《ぜげん》がおとりを買い受けに来たときなど、ひどく腹を立て、女衒の首を絞めかねぬ剣幕だったとか。端《はた》からはどう見えようと、どんなに喧嘩をしようと、二人は仲むつまじい父娘だったのだろう」

「血を分けた親子ですものね」

「親子か……さよう、親子だ」

道三郎が哀しげな顔をしているのは、彦太郎と一緒に暮らせない不甲斐なさを重ね合わせているのか。

おとりの死は悲しいけれど、結寿は道三郎の話を聞いてほっとしていた。牛も馬も犬も猫も鳥も――ミミズやオケラは知らないが――親は我が子を慈しんで育てる。親が子を殺すなど、この世にあってよいはずがない。

「今度、彦太郎どのが家へ帰られたときは、増上寺の弁天池へお連れいたします。紅葉が美しゅうございますよ」

結寿は笑顔になった。

「紅葉があるうちに連れて来られればよいが……」

「紅葉でなければ酉《とり》の市へ」

「おう、そのときはまたひと晩、厄介になるかの。あいつは結寿どのの家がひどく気に入ったようで、結寿どのやご隠居の話をしつこいほどしておった」

道三郎も口元を和らげる。

「お祖父さまも目尻を下げて……あんなにうれしそうなお顔、久々に見ました」

「それがしの倅と知ったら、どんなお顔をなさるか」

「目を白黒させ、言葉を失って、ぱたりと倒れておしまいになるかもしれませぬよ」

二人は声を合わせて笑った。

笑い声が聞こえたのか、門前の木陰で居眠りをしていた百介がこちらを見る。

一緒にいられる時間は短い。立ち話では胸の想いを伝えられない。

もどかしいけれど、だからこそ貴重なこのひととき……。

見知らぬ親子が参拝に訪れたのをしおに、三人は稲荷を出て、ゆすら庵のある狸穴町へ帰って行った。

恋心

一

「あら、こんなところに……」

華奢《きやしや》な指が煎《い》り豆《まめ》をつまみ上げた。

結寿《ゆず》よりひとつ年下の鈴江《すずえ》は小柄で色白で、うなじも手首や足首も細い。一重まぶたにすっと通った鼻筋が木目込み人形を想わせる。

「ご隠居さまが豆撒《まめま》きをなさったのですか」

「まさか、なさるものですか。百介が撒いたのです。母屋の子供たちがはしゃいで大騒ぎをしたので、お祖父さまは仏頂面。百介から、その顔では鬼も寄りつきませぬよ、などと言われて苦笑していました」

結寿は笑いをこらえて言う。

「鬼は内、ですね」

「それでもだいぶ角が引っ込んだのですよ、ここへ来て」

結寿が頭の上に人差し指を二本立て、二人は同時に噴き出した。

旧暦の節分は十二月の後半である。鬼遣《おにやら》いの豆撒きをした翌日、鈴江が遊びにやって来た。

鈴江は火盗改同心、早川求馬の妹で、結寿の実家のある竜土町の組屋敷に住んでいる。気むずかし屋の幸左衛門を敬遠して、はじめのうちはめったに訪ねて来なかった鈴江だが、どういう風の吹きまわしか、このところ足繁くやって来るようになった。兄の求馬や幼なじみの奥津貞之進は、幸左衛門が暇つぶしにはじめた捕り方指南の熱心な生徒だから、兄妹はここで顔を合わせることもある。

「求馬さまもそろそろ戻られましょう」

鈴江が表を気にしているようなので、結寿は言ってみた。

「兄さまも……貞之進さまも、馬に乗れないのにどうして馬場へいらしたのでしょう」

与力とちがって、同心は騎乗が許されていない。

「今日はお祖父さまもご一緒ですから融通がきくのでしょう。いつだったか、求馬さまがおっしゃっていました。訓練もしていないのに、貞之進さまはとても上手に乗りこなされたと……」

最後のひと言を聞くや、鈴江はほんのり頰を染めた。

結寿は「おや」と思った。

「例の吉祥屋の一件では、求馬さまも貞之進さまもお手柄でしたね。貞之進さまは、あなたの機転のお陰だと喜んでおられましたよ」

「いえ、わたくしはなにも……」

鈴江はますます赤くなる。

晩秋から初冬にかけて麻布界隈で泥棒騒ぎがあった。凶悪な押し込みではなく、銭欲しさの破落戸《ごろつき》が夜間に金子《きんす》や骨董《こっとう》をこっそり失敬するというものだが、大がかりな犯行でないだけに、賊の実体がつかめない。一味は何人いるのか、引き込み役は……盗品の処分は……わからぬままに、求馬と貞之進も探索をつづけていた。

鈴江は箏《こと》を習っている。吉祥屋の娘のお初は稽古仲間で、会えば親しくおしゃべりをする仲だった。吉祥屋は麻布古川町の扇屋である。

夏の頃から、新参者の女中がお初の送り迎えをするようになった。女中が人相のわるい男たちとひそひそ話をしている場面を一度ならず目にした鈴江は、このことを兄に話した。男たちの中に盗品を隠している者がいたのは思わぬ幸運だった。芋蔓式《いもづるしき》に破落戸が何人かお縄になり、無実だと言い張った女中も遠島になった。

見習いから本役になって間もない求馬や貞之進にとって、はじめての手柄である。貞之進が鈴江に感謝の意を表したのは言うまでもない。それが鈴江の恋心に火を点けたのだろう。そう。近頃ひんぱんに訪ねて来るのも、いま表を気にしているのも、貞之進の話が出たとき赤くなったのも、その証拠にちがいない。

鈴江さんもわたくしと同じ——。

恥じらう娘の顔を、結寿はまじまじと見つめた。微笑ましいような、くすぐったいような……。

貞之進が結寿に好意を抱いているのは明らかだった。だが、同心と与力の娘では家の格がちがう。思いを打ち明けられずにいるらしい。相手が結寿ではなく鈴江なら、家は釣り合う。貞之進と求馬は親友だから、話はとんとん拍子に進むはずだ。

鈴江の気持ちを知ったら貞之進はどう思うか。気性のまっすぐな貞之進のこと、案外、鈴江の思いに応えようとするのではないか。

敵対する町方同心の、しかも子持ちの寡夫《やもめ》に惚れてしまった自分と比べれば、鈴江の恋の先行きははるかに明るい。

妻木さまはどうしておられるかしら——。

ため息をもらしたとき、路地で足音がした。

「あら、戻ってみえたようです」

若者たちの声も聞こえている。

「貞之進さまもご一緒ですね」

「え、ええ……」

今まで首を長くして待ちかねていた鈴江は、あわてて腰を浮かせた。

「結寿さま。わたくしはこれで……」

「せっかくですもの。皆で茶菓でもいただきましょうよ」

「いいえ、わたくしは……。また遊んでおるのかと兄上に叱られますから」

会いたいけれど恥ずかしい、恥ずかしいけれど会いたい……揺れる娘心なら結寿も覚えがある。よけいな口出しは無粋というもの。

「では、またいらしてくださいね」

あっさり送り出そうとすると、なにを思ったか、鈴江は一瞬、顔をこわばらせた。唇を嚙みしめて結寿を見つめる。

「結寿さま……」鈴江は硬い声で呼びかけた。「結寿さまは、貞之進さまを好いておられるのですか」

唐突な問いに、結寿は目をみはった。

「それはむろん……幼なじみということなら」

「夫婦になられるおつもりでしょうか」

鈴江は早口でつづけた。早口だが、まなざしは真剣だ。

幸左衛門と百介、若者二人は、今や門から玄関へ向かおうとしている。

「いいえ、それはありませぬ」

結寿はきっぱり答えた。

「貞之進さまも、さようなことは考えていらっしゃらないはずです。もし、気になるのでしたら……」

「いいえ、すみませぬ……いま申し上げたこと、どうかお忘れください」

消え入りそうな声で言って、鈴江は出て行く。

玄関で挨拶を交わし合う声が聞こえた。

「なんだ、帰るのか」

求馬に言われ、

「用事を思い出しました」

などと、鈴江が言い訳をしている。そう言いながらも、おそらく胸の中では、貞之進が引き止めてくれますようにと願っているはずだ。

貞之進は引き止めなかった。珍しいことに、幸左衛門が「ゆっくりしていきなさい」と声をかけた。

結寿は濯《すす》ぎ桶《おけ》の用意をしようと勝手口へ向かう。

「お嬢さま、さようなことはあっしが……」

駆けて来た百介に桶を手渡し、廊下を通って玄関へ出向いた。

鈴江は帰ったあとだった。

「お帰りなさい」

挨拶をして顔を上げる。

貞之進が熱っぽいまなざしで見つめていた。

うまくいかないことばかり……。

皮肉な成り行きに、結寿はもう一度ため息をもらした。

二

芝神明宮《しばしんめいぐう》の歳の市は、師走の二十二、三の両日である。

お神酒《みき》徳利に三方《さんぼう》、門松、注連縄《しめなわ》、橙《だいだい》、箒《ほうき》、ちりとり、羽子板、凧、破魔弓、餅焼きの網、暦など年末から新年にかけて入り用になる、ありとあらゆる必需品が並ぶ市は、押すな押すなの人混みに威勢のよい呼び声が飛び交う。ざわめきは宵の口まで途絶えることがない。

二十三日の午後、結寿は、百介と大家の子供のもとと小源太を連れて、神明宮の歳の市へ出かけた。

「なんでェ、みっともねェや」

「文句を言わないの、迷子になったら困るでしょう」

「へへへ、猿回しになったようでございます。ほいほいほいッ、ヨ、テケテケテケ」

「百介ッ、およしなさいってば」

結寿は小源太の帯と百介の帯を紐で結びつけた。小源太は大いに不服顔だが、この雑踏で迷子にならないようにとの妙案である。その代わり、面白い物を見つけて小源太が駆け出せば、百介もつんのめりつつ引きずられることになる。

「どちらが猿かわかりませぬね」

忍び笑いをもらした。その結寿はもとと手をつないでいる。

「弥之吉も誘ったんだけど……人混みはいやだって」

引っ込み思案の弥之吉は表へ出たがらない。

「このごろ弥之吉ちゃんはよくお勉強をしているようですね」

「うん。父ちゃんもびっくりしてた」

この秋、とある事件に巻き込まれて窮地に立たされた弥之吉は、結寿に悩みを打ち明けた。それがきっかけになって、少しずつ心を開くようになっている。猛然と勉学に励んでいるのは、幼心になにか野心が芽生えたのか。結寿の手習いからはじまって、今では近所の俳諧師、弓削田宗仙にも教えを請うているらしい。

弥之吉の変化を、結寿は我が事のように喜んでいた。

「弥之吉ちゃんに凧を買いましょう。いえ、凧より暦のほうがいいかしら」

「凧はおいらだい」

耳聡《みみざと》く聞きつけた小源太が声を張り上げた。

「あたしは羽子板」

「はいはい。その前に門松を買わなければ」

「門松でしたらあっしが……おっと、この先にございます」

百介が駆け出したので、小源太も一緒に駆ける。門松を並べた露店目指して、二人は遠ざかって行った。

「あわてなくてもいいのにねえ」

苦笑しつつ結寿もあとへつづく。
二、三歩行ったところで、あッと声をもらした。
目の先の後ろ姿に見覚えがあった。小ぶりに結った島田髷《しまだまげ》、痛々しいほど細い首筋、大小霰文《あられもん》を散らした茄子紺の小袖に黒繻子《くろじゆす》の帯、黒塗りの駒下駄《こまげた》も、ちらちらと覗く華奢《きやしや》な足首も――。

「鈴江さんッ」

考えるより先に声をかけていた。

鈴江は振り向いた。息を呑み、目を泳がせる。ここで結寿に出会うとは思いもしなかったのだろう。それにしても、供も連れずに歳の市へやって来るとは、いったいどうしたというのか。

「おひとりですか」

「え、ええ……」

「でしたらご一緒に参りましょう」

「いえ……」

鈴江は困惑しているようだった。

無理強いするつもりはない。

「子供たちと一緒では遅くなりますものね。ではまたお遊びにいらしてください」

立ち去ろうとすると、鈴江は挑むような目になった。

「わたくし、貞之進さまと待ち合わせをいたしました」

結寿は虚をつかれた。

鈴江と貞之進はいつ、待ち合わせをするような仲になったのか。

嫉妬めいた感情は湧かなかった。それが本当なら、心底よかったと思う。二人なら似合いである。

だが、鈴江は疑っているようだった。貞之進だけでなく、結寿も貞之進に気があると思い込んでいるらしい。心配はご無用、わたくしの心を占めているのは別のお人なのですよ――そう教えてやりたかった。疑いを解きたいが、立ち話でできる話ではない。こうしている間にも人波に押され、往来のじゃまになっている。

「お待たせするといけませんね。早ういらっしゃい」

結寿は笑顔でうながした。

「……ごめんなさい」

鈴江は軽く会釈をして背を向けた。

正直なところ、結寿は少々不愉快だった。上役の娘であり、年上でもある結寿に、鈴江は遠慮しているのだろう。結寿と貞之進の間へ割り込む後ろめたさを感じているのか。それこそ勝手な思い込みである。

鈴江の背中から視線を離そうとしたときだった。

もとが悲鳴を上げた。後ろから来た男に突き飛ばされ、地面へ両手、両膝をつく。

「あ、もとちゃん、大丈夫……」

もとを助け起こすや、結寿はすかさず男の半纏《はんてん》の袖をつかんでいた。火盗改与力の娘は、やさしい顔をしていてもいざとなると気が強い。

「子供を突き飛ばしたのです。謝ってからお行きなさい」

男は目鼻立ちの整った顔をさっと歪《ゆが》めた。乱暴に結寿の手を振り払う。

「なんだとォ、てめえらが道の真ん中に突っ立ってやがったんじゃあねえか」

拳を握りしめたのを見て、結寿はもとを背後に隠した。

が、大事には至らなかった。

「なに、ぐずぐずしてやがるッ」

男には連れがいた。同じく町人者だが、こちらは鼻も顎も尖って、すさんだ目つきをしている。どう見ても堅気ではなさそうだ。

見失うぞッと言ってちらりと走らせた視線の先に、鈴江の背中があった。人混みへまぎれようとしている。

「行くぞッ」

「へいッ」

二人の男は、鈴江のあとを追いかけるように人混みへ消えた。

結寿はやれやれと息をつく。男をとっさに引き止めてしまったが、あんなふうに牙《きば》を剝《む》かれるとは思ってもみなかった。何事もなく済んでほっとしている。

「もとちゃん、怪我はない」

「うん。ちょっとすりむいただけ」

手のひらが赤くなっていた。

「今の兄ちゃん……」

「知ってるの」

「どっかで見たような気がしただけ」

もとの家は口入屋なので人の出入りが激しい。男も仕事を探しに来たことがあるのかもしれない。

着物についた砂を払ってやっていると、小源太の声がした。

「姉ちゃーん、こっちこっち」

右手の露店の前で手を振っている。

「通り過ぎちゃうとこだったね」

もとの顔にも笑顔が戻っていた。

もとの手を引いて、結寿は百介と小源太のところへ行く。

「なにしてたのさ」

「知り合いに出会ったのです」

「お嬢さま。こいつなんか、いかがでございましょう。隠宅に派手なやつもおかしゅうございますし、これならお値段もお手頃で……」

百介に小ぶりの門松を示されて、結寿はおざなりにうなずいた。

頭の中では、鈴江に声をかけなければよかったと後悔している。いずれにしても日を改めて、きちんと話をしておく必要がありそうだ。

市を冷やかし、買い物を済ませて、一行は日暮れに家へ帰った。たっぷり土産を抱えたもとと小源太は、元気よく母屋へ帰って行く。

結寿、幸左衛門、百介の三人は、大家のお内儀《かみ》のていが母屋から運んできた菜で夕餉を食べた。

年の瀬の一日は穏やかに幕を閉じるはずだったが――。

夜半になって、求馬が訪ねて来た。

「こちらに妹がおじゃましていませぬか」

どこへ行ったのか、昼間から姿が見えないという。家人が手分けをして探していると聞いて、結寿は顔色を変えた。今の今まで鈴江の話を鵜呑みにしていたが、考えてみれば、鈴江と貞之進が歳の市で待ち合わせをするとは妙である。貞之進はなぜ、人でごった返す市へ鈴江を呼び出したのか。

案の定、結寿の話に求馬も首をかしげた。

「貞之進と……いや、それはなにかのまちがいだ。貞之進なら午後中、おれと一緒だったのだから」

鈴江の様子におかしなところがなかったかと訊かれて、結寿ははっと思い出した。

「かかわりがあるとも思えませせぬが、鈴江さんのあとから、町人者が二人、追いかけて行ったように見えました」

「町人者が二人……」

求馬は眉をひそめる。

「先の捕り物とかかわりがあるやもしれんぞ」

幸左衛門のひと言で求馬も結寿も青くなった。

吉祥屋の一件でお縄になった破落戸の一味に、他にもまだ仲間がいたとしたら、報復のために鈴江を誘い出したとも考えられる。仕組まれた罠《わな》なら、今ごろ鈴江は……。

「こうしてはおれぬ」

求馬は険しい顔で虚空をにらむ。

「わしも行こう。百介ッ」

「へいッ」

求馬と一緒に、幸左衛門と百介もあわただしく出かけて行った。ここしばらく捕り物から遠ざかっていた幸左衛門だが、愛弟子《まなでし》の危難とあって、じっとしてはいられないのだろう。火盗改役の屋敷へ詰めて、自ら指揮をとるつもりか。

鈴江の安否が気になって、結寿も眠るどころではなかった。

鈴江は火盗改同心の妹である。簡単に騙されるとは思えない。破落戸どもは、貞之進の名を騙《かた》って鈴江をおびき出したのではないか。好いた男からの呼び出しなら、女は一も二もなく駆けつける。

あのとき、なぜ異変に気づかなかったのか――。

悔やんでも悔やみきれない。

思案したあげく、結寿は文机に向かった。妻木道三郎宛《あて》の文に、事件の経緯《いきさつ》をできるだけ詳しく認《したた》める。とりわけ二人の町人者の人相風体については念入りに書き記《しる》した。これだけで身元が知れるとは思えないが、もし鈴江をわざわざ神明宮の歳の市まで呼び出したのなら、男たちは芝界隈に住んでいる可能性が高い。鈴江も神明宮の近くに捕らわれているのではないか。

町人の素性については、火盗改より町方のほうが詳しい。

文をたたみ、宛名の横に「即刻お目通し願いたく」と書き添えた。

結寿は母屋へ行き、大家の傳蔵に文を手渡した。子供たちはもう眠っている。これからすぐにとはいかないが、

「へい。起きがけ一番に届けて参りやしょう」

傳蔵は快く引き受けてくれた。

町奉行所へ預けておけば、確実に道三郎の目に入る。

道三郎さま、どうか鈴江さんをお助けください——。

精悍だがどこか飄然とした隠密同心の顔を思い浮かべ、結寿は思わず両手を合わせた。

三

翌朝、百介が幸左衛門の着替えを取りに戻って来た。

ということは、進展なし、探索は長引くということだろう。

「心当たりを探していますが、まるで神隠しにあったとしか……」

百介の話によると、昨日の午後、見知らぬ子供が鈴江に文を手渡すのを見た者がいるという。その後、鈴江は身仕度をしていそいそと出かけて行った。

「貞之進さまにはお知らせしたのですか」

「へい。ご自分の名前を騙られたと聞いて、それは驚かれたご様子で……。鈴江さまが災難にあわれたのはご自分のせいだと頭を抱えておられます」

「貞之進さまは何もご存じなかったのです。わるいのはわたくしです。立ち話までしたのに、そのまま行かせてしまいました。あのとき引き止めていれば……」

「貞之進さまのせいでもお嬢さまのせいでもありませんよ。鈴江さまはご運が悪かったのです」

百介に慰められても、気持ちは鎮まらなかった。自分が鈴江でも騙されていたにちがいない。もし、妻木道三郎の名で呼び出されれば……。

恋する女は後先が見えなくなる。恋心が仇《あだ》になって不運に見舞われた鈴江を思うと、不安と憤りで居ても立ってもいられなかった。

「なんとしても助け出してくださるよう、くれぐれもお祖父さまに……」

「むろんでございます」

「傳蔵に頼んで妻木さまに文を届けました。早晩、駆けつけてくださるはずです」

結寿が言うのを聞いて、百介は鼻の頭にしわを寄せた。

「町方が出張《でば》ると、また厄介なことになりませんかね」

「そんなことを言っている場合ではないでしょう。鈴江さんのお命がかかっているのです」

「そいつは……まァ、ごもっともで」

「町人を探すのは町方の領分です。いいですね。お祖父さまには内緒ですよ」

言い含めて送り出す。

傳蔵が奉行所に文を届けたのは早朝。今はようやく出仕したかどうかという時刻である。こんなに早く現れるはずがないとわかってはいたが、結寿は道三郎の訪れが待ち遠しかった。

落ち着かないまま表へ出て、裸木となった山桜桃《ゆすらうめ》の太い幹に寄りかかる。

「姉ちゃーん」

声がした。母屋の勝手口から、もとがこちらへ歩いて来ようとしている。

「ほら、治った」

両手のひらをこちらへ向けたもとを見て、結寿はふと思い出した。

「ねえ、もとちゃん。そのことだけど、後ろから突き飛ばした人を、もとちゃん、見たことがあるって言いましたね」

「言ったよ」

「思い出せないかしら、その人の名前……」

「魚売りの裕太でしょ、いやなやつッ」

もとは顔をしかめた。

結寿は目をみはった。

「いやなやつって……思い出したの、もとちゃん、あの男の名前を……」

「うん。前は狸穴へも廻って来てたんだ。お嬢ちゃん、なんて頭を撫でてくれたこともあったっけ。けど、すごく不機嫌で、おっかない日もあって……女の人のことでなにか問題を起こして、それでどっか別のとこを廻るようになったって父ちゃんが言ってた」

「でもあのときは……」

「どっかで見た顔だとは思ったけど思い出せなかったの。夕飯に目刺しを食べたら、あァそうだって……」

「目刺し……」

「魚臭かったもん、突き飛ばされたとき」

ここに、こんな近くに、手がかりを知る者がいた。

もっとも、二人組の男が事件にかかわっていると決めつけるのは早計だろう。ただの通りすがりということもある。

「もとちゃん、裕太は魚臭かったと言いましたね」

「姉ちゃんは臭わなかった？」

「そうね、そういえばそんな気も……」

裕太は今も魚売りをしているのだろう。吉祥屋は古川町にあった。狸穴と同じ麻布だから、裕太の得意先かもしれない。新参の女中が女好きのする魚売りと親しくなる機会はいくらもある。いや、もともと二人はつながっていて、裕太の勧めで、女が吉祥屋へ入り込んだとも考えられた。となれば、やはり鈴江の行方知れずにもかかわっているような気がする。

ともあれ、まずは裕太が吉祥屋に出入りしていたかどうかを知ることだ。これは別段、厄介なことではない。魚売りの名前を訊ねればよいのだから。

「もとちゃん、お願いがあるのだけど……」

結寿は自分で吉祥屋へ行ってみる気になっていた。ここでじれったい思いをしているより、少しでも役に立つことをしたい。

「お留守番をしてほしいのです。百介が戻って来るかもしれませぬ。妻木さまがいらっしゃるかもしれませぬ。二人が来たら裕太のことを話して、わたくしが吉祥屋へ出かけたと伝えてください」

もとは真剣な顔でうなずいた。

「昨日ぶつかったのは魚売りの裕太で、裕太は気づかなかったけどあたしは思い出して、だから姉ちゃんに知らせて……そしたら姉ちゃんは吉祥屋へ出かけた。そう言えばいいんでしょ」

「さすがはもとちゃん。必ず伝えてね」

得意顔の少女に留守を頼んで、結寿は家を出た。

四

古川町は二ノ橋と三ノ橋の間にある。麻布十番を下って右手へ曲がれば一ノ橋、そのまま掘割沿いに行けば半刻（約一時間）もかからない。あちこちに伝言を届け、助っ人が来るのを待っているより、自分で動いたほうがずっと早そうだった。裕太が吉祥屋に出入りしているとわかれば、即刻、火盗改へ知らせを走らせればよい。

季節柄、十番の通りも掘割沿いの道もざわついていた。例年なら正月の準備に勤《いそ》しんでいるところである。こんなときに事件を起こすとは、もしかしたら、破落戸どもは年の瀬に火盗改をあたふたさせて楽しんでいるのかもしれない。

哀れなのは鈴江だった。明ければ十七、貞之進への思いに胸をふくらませて、新しい年を迎えようとしていたのに……。一変、奈落の底に落とされた。金銭目当てで火盗改同心の妹を誘拐するとは思えない。となれば報復が目的だろう。もしそうなら、鈴江は無事でいようか。

風のない穏やかな日和だったが、結寿はそんなことさえ頭になかった。左手に掘割、右手に大名屋敷の海鼠壁《なまこかべ》がつづく道を、唇を嚙みしめ、拳をにぎりしめて黙々と歩く。

吉祥屋は表通りに面した大店《おおだな》で、入口には屋号を白く染め抜いた藍のれんがかかっていた。武家では年賀の贈答用に扇を使う。年の瀬は一年でいちばん忙しい時季でもあり、店内はごった返していた。

鈴江の名を出して、鈴江と一緒に箏を習っていたお初という娘に面会を申し出ると、取り次ぎの手代は案じ顔になった。

「それではまだ居所が知れませんので……」

早朝、火盗改の役人が調べに来たという。

「大事がなければよろしゅうございますが……」

結寿は奥まった座敷へ通された。

お初は愛くるしい顔をしているが、いささか軽薄にも見える娘だった。武家と町家のちがいもあろうが、噂好きの目立ちたがりか、鈴江の身を案じながらも、一方で時ならぬ事件に昂揚しているようにも見える。

「鈴江さまには好いたお人がいらしたのですよ」

お初は思わせぶりに目くばせをした。

破落戸の一件で、吉祥屋は早川求馬と奥津貞之進に大いに感謝していた。その話になり、お初が貞之進の名を出したとき、鈴江は赤くなった。問いつめたところ、思いの丈を打ち明けたのだという。おしゃべりなお初なら、それをだれかに話し、そこから破落戸どもの耳に入ったとも考えられる。

「こちらへ廻って来る魚売りですが……」

肝心の話を切り出すと、お初はけげんな顔になった。

「近頃は様子のいい魚売りが来ていますよ、そうそう、裕太とかいう……」

「裕太ッ」

「廚《くりや》の女たちには人気があるようですけど。よろしかったらどうぞ、女たちに訊いてごらんなさいまし」

大店のお嬢さまが魚売りをよく知らないのは当然である。結寿は廚へ出向いて話を聞くことにした。

思ったとおり、裕太は吉祥屋を得意先にしていた。裕太の住まいがわかれば、事件は一気に解決しそうである。

廚では四人の女が立ち働いていた。武家娘に魚売りの素性を訊かれて身構えた女たちも、結寿の気さくでやさしい口ぶりに警戒を解いたのか、口々に知識を授けてくれた。

裕太は南新門前町の長屋に住んでいること、お縄になった新参者の女中が裕太に色目を使っていたこと、そして裕太はこの春、解雇された手代と親しかったこと……。

「その手代とはもしや、細面で鼻筋がすっと通った、顎の尖った男ではありませぬか」

「そうです、富吉さんです、こう、目もつり上がって……」

「どうして解雇されたのですか」

「それがお嬢さまにちょっかいを出したんですよ」

「あれはお嬢さまのほうから……」

「しッ、おふじったら声が高いよ」

狸穴へ帰る道すがら、結寿は考え込んでいた。

吉祥屋の新参女中が手引きしようとしたのは、本当に泥棒だったのか。女中のまわりに破落戸がいた。その中に泥棒がいたとしても、女中が泥棒の一味とは限らない。手柄を逸《はや》る火盗改は、吟味もそこそこに遠島としてしまったのかもしれない。

よくあることだった。

女中は恋仲の裕太に頼まれ、富吉とお初の仲を取り持とうとしたのではないか。無実の女中が捕らえられて、富吉も裕太も激怒した。

気がついたときは一ノ橋の手前に来ていた。橋を渡れば南新門前町である。

吉祥屋を出る際、番頭に文を預けてきた。道三郎か火盗改方のだれかが駆けつけたら渡してくれるようにと頼んである。ぬかりはない。

結寿は橋を渡った。

南新門前町は掘割の岸辺の町で、朝夕、荷方舟《にかたぶね》で運ばれた海産物や青物の市が立つ。蔵の立ち並ぶ裏手の路地には、人足や棒手振《ぼてふり》の住む長屋が連なっていた。

昼間のこの喧噪《けんそう》は、やはり年の瀬の活気だろう。

「あのときはご無礼いたしやした」

ふいに声をかけられて、結寿はぎくりとした。

驚いて振り向く。

「あなたは……」

裕太だった。もともと色男だが、昨日とは別人のように愛想のよい笑顔である。

これまで頭の中で組み立ててきた憶測はまちがっていたのか。この人好きのする男が、鈴江を拐《かどわ》かしたとは思えない。

ところが、裕太はけろりと言ってのけた。

「お嬢さんのお友達なら、富吉んとこにおりやすぜ」

「なんですって……」

結寿は息を呑む。

「どういうことですか。どうして鈴江さんが見知らぬ男のところにいるのですか」

「見知らぬ男じゃァねえんで。二人はいい仲なんでさ」

「そんな……嘘です。そんなこと、信じられませぬ」

「まァまァまァ、おっかねえ顔はよしにしましょうや。あっしだって驚いたくらいで……。ま、本当か嘘か、本人の口から聞いてみちゃァどうですかい」

裕太は「こっちでさ」とうながした。

いざとなったら逃げ出せるように身構えながら、結寿は裕太のあとへつづく。

二つ三つと迷路のような路地を曲がった。真っ昼間のことであり、行き交う人も大勢いるので、さほどの恐ろしさは感じない。だいいち裕太は急《せ》かすでもなく追い立てるでもなく、ときおり振り向いては人なつこい笑顔を向けてくる。

裕太が足を止めたのは、町はずれにある二階家だった。仕舞屋《しもたや》のように見えるが、入口に「香屋」という行灯《あんどん》が掲げられているところを見ると旅籠《はたご》の類か。

狭い入口をくぐると、目の前に梯子段《はしごだん》があった。中はひっそりしている。

「女将は出かけてるようだが、ほれ、言ったとおりでござんしょう」

裕太が目で指し示したのは、三和土《たたき》にきちんとそろえて置かれた黒塗りの駒下駄《こまげた》だった。たしかに昨日、鈴江が履いていたものである。

「鈴江さんは二階に……」

結寿は狐につままれたようだった。皆が大騒ぎをして探しているというのに、鈴江はこの二階で、富吉とひと夜を過ごしたというのだろうか。

「男の下駄がねえから、富吉も出かけてるんでしょう。お嬢さんのお友達は一人ですぜ。上がってみちゃあどうですかい」

富吉が戻って来ると面倒だから、裕太は下で見張っているという。

ここまで来て、引き返す気にはなれなかった。ともあれひと目、鈴江の無事をたしかめておきたい。

結寿はぎしぎし軋《きし》む梯子を上った。上りきったところは一畳ほどの廊下で、その先が座敷だろう、暗い上に襖が閉めきってあるので中は見えない。

「鈴江さん、結寿です」

廊下に膝をついて襖に手をかけたとき、背後でギギギッと音がした。梯子が動いている。

「なにをするのですッ」

叫んだときはもう、梯子ははずされていた。

「だれかッ、裕太さんッ、裕太さんッ」

階下に向かって呼び立てる。が、裕太はいるのかいないのか、眼下には薄ぼんやりとした洞《ほら》のような空間が広がるばかり。

「うるせえなァ。いいかげんにしやがれ」

突然、襖の向こうから怒声が聞こえた。

あの声は……富吉！

結寿は身をすくませた。といって、廊下にへばりついているわけにもいかない。下手に動けば真っ逆さまだ。

思い切って襖を開けた。

六畳ほどの部屋だった。明かり取りの窓から光が入るので、茶色く焼けた畳と雨じみの浮き出た壁が目に入った。手前に夜具が敷かれ、富吉が寝そべっている。

鈴江は、その奥にいた。壁に向かって横たわっているので、後ろ姿しか見えない。が、それだけで、なにがあったか、おおよその察しはついた。

鈴江はぼろ布のようだった。襦袢《じゅばん》をまとってはいるが、くしゃくしゃに乱れ、しごきも抜かれている。細い手首と足首にはしごきで縛られたのか、赤黒い跡があった。崩れた髷の下の白いうなじが痛々しい。

身動きもしなければ声も発しないが、鈴江が息をしているのは、規則正しく上下する背中でわかった。気を失っているのか。涙も涸《か》れ、疲れ果てて、眠りこけているのかもしれない。

「なに、ぼさっとしてやがる。入《へ》ェって襖を閉めな。風邪ひいちまうぜ」

富吉は枕元の灰吹きに手を伸ばした。

結寿は部屋へ入って、音高く襖を閉めた。どのみち部屋の外も奈落である。他にどうすることもできない。

「鈴江さんに……なにをしたのですか」

富吉に怒りの目を向けた。

「見りゃわかるだろうが。ひと晩、可愛がってやったのさ」

「騙して連れ込んだのですね」

「好きで来たたァ言わねえが……」

「なんてひどい。こんなことをして、ただでは済みませぬよ」

「ヘッ。強がりを言えるなァ今のうちだぜ。ここにおいでなすったからにゃあ、おめえさんも同じ目にあうんだ。じきに仲間がやって来る。どうあがいたって逃げられねえ」

部屋の奥で、押し殺したような呻き声がもれた。鈴江は気を失ったわけでも眠りこけているわけでもないらしい。驚愕《きょうがく》と苦痛と、羞恥《しゅうち》のあまり、放心していたのだろう。

「鈴江さんッ」

結寿は富吉の足元をまわって鈴江に駆け寄った。おおいかぶさるようにか細い体を抱きしめる。あまりのことに、慰める言葉も思いつかない。

鈴江は涙のにじんだ目で結寿を見つめた。

「逃げて……結寿さま、早く、逃げて……」

「わたくしのことより鈴江さん、気をしっかり持つのです。きっとだれかが助けに来てくれます」

「いいえ、わたくしはもう、死んだも同然」

「死んではいませぬ。死んではなりませぬ」

と、そのとき、結寿はひゃっと叫んで身をよじった。富吉の湿った手が足首をつかんでいる。富吉はそのまま結寿に挑みかかるかに見えたが、あっさり離して、もう一度ばたりと床に倒れ込んだ。

「いいさ。今のうちに好きなだけ慰め合っとくこったな。おれはくたくただから、ひと眠りさせてもらうぜ」

富吉は目を閉じた。

結寿は富吉の顔を見る。それから部屋を見渡した。しごきがある。部屋の隅に置かれた火鉢には火箸が刺さっていた。他には灰吹きと行灯と畳に転がった銚子《ちょうし》と……。

　富吉が眠ったら、即、決行するしかない。階下へは下りられないが、助けが来ることを祈って、富吉の始末をしておかなければならない。少なくとも乱暴ができないように。どうしたら失敗がないか、考えていたときだった。目の中をスッと尖ったものがよぎった。匕首《あいくち》である。

「どうもてめえは油断がならねえ。手を後ろにまわしな」

　やはり、甘かった。吉祥屋の手代をしていたというが、富吉は昨日今日の破落戸ではない。小娘にしてやられるような優男ではなかった。

　鈴江もむろん抵抗したはずだ。だから縛られた。何度も陵辱され、もはや抗《あらが》う気力が失せてから縄を解かれた。鈴江はもう、生きてここから逃れる気はないのだろう。

　富吉は匕首を畳に突き刺した。しごきで結寿の手首を縛る。

　鈴江はぼんやり見つめている。

　富吉は匕首から離れ、結寿の足首を縛ろうと身をかがめた。

　そのときだった。一瞬の隙をついて、鈴江が動いた。匕首を引き抜き、背後から富吉の首にぴたりと当てる。

「わたくしはどうせ死ぬつもりです。ですからおまえを道連れにするのに、なんの迷いもありませせぬ」

あの、恥ずかしがり屋の鈴江の、どこにこんな剛胆さがあったのか。鈴江の声はふるえを帯びていた。が、低いその声音には決然とした響きがあった。

「そのしごきを解きなさい」

鈴江は命じた。

富吉は目を白黒させながら、結寿の手首のしごきを解いた。

「手を後ろにまわすのです。さ、結寿さま……」

完全に鈴江の独壇場だった。結寿は鈴江に目くばせをされ、富吉の手足を縛った。捕り方指南の娘だから、門前の小僧で、縛るのは得手である。

富吉を縛り上げ、猿ぐつわまでしてしまうと、鈴江は匕首を取り落とした。命を一滴残らずしぼり出してしまったかのように、血の気の失せた顔でうずくまる。

「鈴江さんのお陰です」

結寿は鈴江を抱き寄せた。

鈴江は死ぬ気でいた。が、結寿を助けるために気力をふりしぼった。ただ、結寿を助けるためだけに……。

二人は抱き合っていた。今になって二人とも、歯の根が合わないほどふるえている。

階下へは下りられない。生殺与奪は、このあとやって来る者の手に握られている。富吉の仲間が来るか、救援が来るか。

どのくらい時が経ったのだろう。ひどく長いように思えたが、明かり取りの窓からまだ陽が射し込んでいたから、さほどではなかったのかもしれない。

階下がにわかに騒がしくなった。ギギギッと音がして、梯子がかけられた。ぎしぎしと足音が近づいて来る。

二人は目を合わせた。唾を呑み、襖を見つめる。

「ああ……」

襖が開いた瞬間、結寿はそれしか声が出せなかった。うれしくて、切なくて。

妻木道三郎は、あらゆるものを蹴散らすがごとく結寿に突進した。なにも言わず、渾身の力で抱きしめる。

時が止まった。

「息が、詰まってしまいます……」

あえぎながら身を離そうとしたときだ。一瞬早く、道三郎が結寿を押しのけた。鈴江に跳びかかる。間一髪だった。

「馬鹿者ッ」

怒鳴りつけられ、匕首を取り上げられて、鈴江ははじめて畳に突っ伏して号泣した。

結寿は声をかけようとした。が、道三郎は首を横に振った。鈴江の苦しみを癒す言葉はない。泣くだけ泣かせよと、道三郎は言いたいのだろう。

富吉を引き立てて道三郎が階下へ下りてから、結寿は鈴江に身仕度をさせた。

「わたくしを助けてくださったあの強さがあれば、これからも生きられます」

結寿はあえて厳しい口調で言った。

「結寿さま……」

「わたくしの想うお人は妻木道三郎さま、町方の同心です。しかもお子のいる寡夫、結ばれようもないお人ですが、それも宿命《さだめ》、泣いてはいられませぬ」

こんなとき、こんなところで打ち明ける話ではない。だが言わずにはいられなかった。鈴江の不運には及ぶべくもないけれど、大小の差こそあれ、だれもが痛みを抱えて生きている。そのことを伝えたい……。

「他人《ひと》によけいなことを話す必要はありませぬ。鈴江さんさえ毅然としていれば、だれも詮索はできませぬ。ただ、悪夢を見ただけということに……」

納得をしたとは思えないまでも、鈴江は力なくうなずいた。少なくとも今のところは、自害する心配はなさそうである。

道三郎の配慮か、階下にはだれもいなかった。富吉と裕太は町方が引っ立てて行ったという。さすがに町方、界隈の岡っ引や下っ引を総動員して富吉のねぐらを探し出したのだ。

二人にはいずれ余罪があるはずだった。そうなれば、鈴江の一件は表沙汰にしないで済むかもしれない。

「ありがとうございました」

表へ出たところで、鈴江は道三郎に挨拶をした。

「結寿さまには、こんなに頼もしい助っ人がいらしたのですね」

無理をして微笑んだ顔は蠟《ろう》のように白い。足元もふらついている。

「へい旦那。こちらです」

顔なじみの岡っ引が遠慮がちに声をかけた。

道三郎は手まわしよく、鈴江と結寿のために駕籠《かご》を手配していた。二人を狸穴の結寿の家に送り届けるつもりだという。

「さようですね。鈴江さんはしばらくわたくしのところで養生なさったほうがよいでしょう」

好奇の目で見られる心配がある。ほとぼりが冷めるまで身をひそめるには、狸穴の隠宅はもってこいだ。

まずは鈴江が駕籠に乗り込んだ。

「火盗改への知らせは傳蔵に頼もう」

「ええ。妻木さまがいらっしゃれば袋叩きにされるやもしれませぬ」

「おいおい、拙者は功労者だぞ。褒美のひとつ、もろうてもよいところだ」

「申し訳ありませぬ。そうは行かぬところが火盗改で……」

「ま、よかろう。結寿どのが無事だったのだ、これにて一件落着」

笑みを交わし合い、結寿も駕籠に乗る。

いつのまにか夕暮れになっていた。

幸左衛門も百介も、求馬も貞之進も、火盗改方の面々はいまだ血相を変えて鈴江の行方を探しているはずである。早く知らせてやりたいと思う反面、結寿は、家への道が永遠につづけばよい、とも思った。

えいほッえいほッと駕籠は行く。

傍らで道三郎の足音が聞こえる。

二人は力を合わせ、心を合わせて鈴江のもとへたどり着いた。ぴたりと抱き合ったあのときのように、今、二人の鼓動はひとつになっている。

「道三郎さま……」

小声で言ってみた。

聞こえるはずがないとわかっていても、それでも聞こえているような……。

師走の町は、あと数日で、新しい年を迎えようとしていた。

春の兆し

一

風はまだ冷たいが陽射しはやわらいで、残雪もあらかた溶けかけている。

馬場丁稲荷の境内で、結寿《ゆず》は妻木道三郎を待っていた。

「お嬢さま、そろそろ帰りましょう。もうおいでにはなりませんよ」

ぶあつい綿入れを着込んで懐手をした百介は貧乏ゆすりをしている。

「なぜ、わかるのですか」

「押し込みだの火事だの、年明けからこっち、町方じゃあてんてこ舞いをしてなさるそうですから」

冬場は火事が多い。焼け出されたり食い詰めたりした者は悪事に走る。町方だけでなく、御先手《おさきて》組与力で火盗改方を兼務している結寿の父も、休む間もなく駆けまわっているらしい。

らしい……というのは、結寿は祖父と狸穴の隠宅住まいをしているからで、こちらは一応、波風のない、長閑《のどか》な新春を過ごしていた。

ただし、それはあくまで表面上のこと。

年の瀬からこっち、溝口家の隠宅には居候がいた。破落戸《ごろつき》に騙され、連れ去られて、心と体に深い傷を負った鈴江《すずえ》である。

事件のあと、鈴江は我が身を儚《はかな》んで何度も自害しようとした。そのたびに結寿も百介も振りまわされた。一刻も目の離せなかった鈴江がこのところ落ち着いているのは、尼になる決意を固めたからだ。

——尼寺を探してください。

顔の広い弓削田宗仙に頼み込んでいるとやら。

鈴江のことも厄介だが、年が明けて結寿は十八。年賀に赴いた実家では縁談をせっつかれた。十八は嫁《ゆ》き遅れになるかならぬかの瀬戸際である。

「妻木さまも飛びまわっておられましょう。お待ちになっても無駄でございます」

「いいえ、いらっしゃいます。待つのが嫌なら百介、おまえは先に帰りなさい」

「そうはいきません。まァ、それではひとつ退屈しのぎに……」

百介は両手をかざし腰を落として、剽《ひょう》げた恰好をして見せた。

「春のはじめェの歌枕《うたまくら》ァ、霞《かすみ》、鶯《うぐいす》、帰る雁《かり》かァ、子《ね》の日、青柳、梅、桜ァ……」

さすがは元幇間、踊りは堂に入ったものだが……結寿はそっぽを向いた。浮かれる気にはなれない。

と、そのとき――。

「ごらん。妻木さまです」

道三郎が早足で近づいて来るのが見えた。息子の彦太郎を従えている。

「まあ、うれしいこと。彦太郎どの、元気にしていましたか」

声をかけると、彦太郎は無邪気な笑みを浮かべた。

「結寿さま、お久しぶりです」

「また少しお背が伸びたようですね」

「背丈だけではありません。ほら、腕も。毎日、素振りをしていますから」

彦太郎は袖をまくって力瘤《ちからこぶ》を見せる。といっても、八つになったばかりの子供の腕はか細く、力瘤もいとけない。

「鈴江どのはどうしておられる。気鬱はようなられたか」

道三郎が訊ねた。

「相変わらず家にこもって、一歩も外へ出ようとはなさいませぬ。貞之進さまはもとより、兄さまにも逢いとうないと言われて。鈴江さんは出家なさるそうです」

「あんなことがあったのだ、ま、無理もないが……」

「お気持ちはようわかります。わたくしが鈴江さんでも死にたいと思うでしょう。好いたお人に合わせる顔がありませんもの」

結寿は視線をはずし、薄《うっす》らと頰を染めた。鈴江は陵辱された。助けがもう少し遅ければ、自分も鈴江と同じ目にあっていたかもしれない。もしそうなら、恥ずかしくて、道三郎の顔は見られない。

「しかし、なにも鈴江どののせいではないのだ。事故にあったようなものではないか。同情こそすれ、だれも白い目で見たりはすまい」

「その同情が、女子《おなご》には耐え難いのです」

貞之進も同じことを言っていた。鈴江はなにもわるくない、汚れてはいない、だから気に病むことはないのだ……と。鈴江をおびき出すために悪党が騙《かた》ったのは貞之進の名前だった。それだけに貞之進は悲憤慷慨《ひふんこうがい》し、人一倍、責任を感じている。

だが男と女はちがう。女心はそう簡単には癒されない。同情されればされるほど、頑なになってゆく。

「あっちもこっちも前途多難だのう」

道三郎がため息をついたので、結寿は首をかしげた。

「妻木さまも困ったことがおありなのですか」

「うむ……」

道三郎はちらりと息子を見た。察しのよい百介は、

「坊っちゃま、土筆《つくし》ん坊《ぼう》が出ているかもしれません。ご一緒に探しましょう」

と、話に割り込んだ。残雪の季節に土筆とは気の早い話だが、彦太郎は礼儀正しく
「はい」と答えた。二人は馬場の方へ駆けて行く。

「彦太郎どののことでなにか……」

結寿は先をうながした。

道三郎は息子に向けていた目を結寿に戻した。

「姉夫婦の上役が養子に寄越せと言うのだ」

「まあ、そんな……」

「彦太郎をえらく気に入っておるそうな。姉の家に預けっぱなしにしているなら否《いな》やはなかろう、なんとしてももらい受けると聞かぬそうでの」

「お断りになられましたのでしょ」

「むろん、断った。が、かのご仁は姉夫婦の後ろ楯でもあるのだ。姉夫婦はすっかり乗り気になってしまい、断ってもらっては困るの一点張り」

姉の夫は御持筒《おもちづつ》組同心を務めている。彦太郎を養子にほしいというのは上役の与力、山瀬八右衛門《やませはちえもん》で、姉夫婦は頭が上がらない。

姉夫婦から彦太郎のためだと口説かれれば、道三郎も返す言葉がなかった。同じ御家

人でも与力の禄高は八十石、不浄役人と蔑《さげす》まれる町方同心の倅には願ってもない縁組である。

「このお話、彦太郎どのはご存じなのですか」

「いや、知らぬ。が、このままでは、いつ、どのようなかたちで耳に入るか……。子供のことゆえうまいこと言いくるめられて、強引に連れ去られる心配もある。そう思うたら居ても立ってもいられなくなっての、あわてて連れ帰ったのだが……」

道三郎はお役目が立て込んでいる。息子の相手ばかりはしていられない。

——だから言うのじゃ。後添えをおもらいなされ、と。

女親がいなければ子は育てられぬ、というのが、姉の言い分だった。それみたことかと言われれば、養子に出さざるを得なくなる。

「わかりました。我が家でお預かりいたせばよろしいのですね」

結寿が早手まわしにうなずくのを見て、道三郎は案じ顔になった。

「願ってもないことだが、結寿どのの顔を見るまで鈴江どののことを忘れていた」

広くもない隠宅である。不運な目にあって沈み込んでいる娘だけでも手一杯なのに、男児の世話まで抱え込むとなると……。

「いえ、かえってよいかもしれませぬ」

結寿は即座に応えた。

「彦太郎どのがいてくだされば、鈴江さんも嘆き悲しんでばかりはいられなくなります。お心がまぎれましょう」

「しかし……」

「そうです、いっそ鈴江さんに彦太郎どののお世話をお願いしましょう。ね、道三郎さま、ぜひともそうさせてくださいませ」

なにもしないで鬱々としているより、子供の世話をしているほうが快復も早いのではないか。これこそ天の配剤というものである。

「うむ。さすれば倅のこと、よろしゅう頼む」

道三郎は頭を下げた。

話を伝えると、彦太郎はぱっと笑顔になった。

「結寿さまや結寿さまのお祖父さまと暮らせるのですね」

「しばらくの間だ。仕事が一段落したら迎えに行く」

「それがしのことなら心配はいりませぬ。それより父上、お仕事ご存分に」

子供らしからぬ見事な挨拶である。見事なだけに、少々痛々しい気もしたが……。

「彦太郎どのの言うとおりです。どうぞ、火盗改を出し抜くような手柄を立ててくださいまし」

「その言葉、ご隠居が聞かれたら卒倒なさるぞ」

結寿と道三郎は同時に噴き出した。大っぴらには笑えぬものの、百介も笑いをこらえている。

「鈴江さんとわたくしを助け出してくださったのは道三郎さまです。そのこと、お祖父さまに教えてやりとうございます」

「いや、言わんでよい。言えばお立場が無《の》うなろう」

「貞之進さまや求馬さまにも口止めをなされたのですね」

「鈴江どののためにも、あの事件は無かったことにせねばならぬ」

「それはそうですが……」

孫娘を救ったのが道三郎だと知れば、幸左衛門も頑なな態度を改めるのではないか。とはいえ、鈴江のためには事を大きくしたくない。

「では彦太郎どの、参りましょう」

結寿は彦太郎に笑顔を向けた。

せっかく逢えたのだ。もっと話していたい。が、道三郎にはお役目があった。火盗改の娘は、己の立場をわきまえている。

掘割沿いを通って白金まで出かけるという道三郎と稲荷の門前で別れて、結寿、彦太郎、百介の三人は狸穴の隠宅へ帰って行った。

二

「姉ちゃん……」

「なァに。あら」

大家の腕白坊主、小源太に声をかけられて、結寿は目を瞬いた。

「どうしたの、その……」

こらえきれずに忍び笑いをもらしている。

「ほら、やっぱり笑った。ちッ、だからイヤだって言ったんだ」

小源太は片足で山桜桃《ゆすらうめ》の根元を蹴飛ばした。巨木はびくともしない。

「おかしくて笑ったのではありませぬ。とても似合っていますよ」

結寿は真顔で言い直した。

「風邪をひかないようにって着せられたんだ」

「鈴江さんに……」

「おそろいだってさ」

結寿の予想どおり、彦太郎は鈴江の気をまぎらわすのにうってつけだった。

——母親のいない気の毒なお子なのです。どうか世話をしてやってください。

居候になっている溝口家に恩返しをしたい一心か、暇をもてあましていたせいもあったのだろう、鈴江はふたつ返事で引き受けた。彦太郎の着る物食べ物に気を遣い、話し相手になってやり、剣術の稽古まで熱心に見守るほどの入れ込みようである。

春先は風邪をひきやすい。温かくて動きやすいものを……と、百介の入れ知恵で彦太郎のために縫い上げたのが亀の子半纏《ばんてん》だった。防寒用の袖無し半纏である。

鈴江は気を利かせて大家の小童《こわっぱ》の分も縫ってやったので、小源太も着ないわけにはいかなくなった。鈴江は大切なお客さまで、療養中でもあるから、決して背いてはならぬと結寿から言い聞かされている。

それにしても、亀の子半纏を着せられた小源太は猿まわしの猿そっくり。

結寿はかろうじて笑いを呑み込んで、

「彦太郎どのは……」

と訊ねた。

「勉学中」

ぶっきらぼうに答えて、小源太は路地裏の空き地へ向かって駆けて行く。文句を言いながらも脱ぎ捨てる素振りがないのは、武家の倅の彦太郎とおそろいの半纏を縫ってもらって、内心では誇らしく思っているのかもしれない。

せめて朱色でなければ——。

小源太を見送って、結寿は今度こそ心おきなく笑った。

鈴江がこれほど子供好きとは思わなかった。火盗改同心の妹は、少し前まで童顔の、はにかみやの小娘だった。それが悲惨な事件を経た今は別人のように大人びて、彦太郎といるときなど、どう見ても母の顔である。

奥津貞之進への恋心はどうなったのか。胸の奥深く封印してしまったのだろうか。なんとか出家を思い留まらせる方法はないものかと考えながら、庭越しに奥の間を覗く。

鈴江が仮寓《かぐう》する奥の間では、文机を挟んで鈴江と彦太郎が向き合っていた。漢字でも教わっているのか、亀の子半纏を着込んだ彦太郎が、生真面目な顔で筆を動かしている。

鈴江の仄白い横顔も真剣そのものだった。窶《やつ》れたせいか歳より三つ四つ老けて見えるが、それがまたはっとするほど艶《なま》めかしい。

思わず見とれていると、

「結寿どの……それがしの話を聞いてもらえぬか」

背後で声がした。貞之進である。

「なんでしょう」

「できれば表で……」

「わたくしでよろしければ」

近々と見る貞之進は、鈴江に負けず劣らず憔悴していた。事件からこっち、鈴江のことで胸を痛めているようだ。だが運わるく破落戸《ごろつき》に自分の名前を騙られた、というだけで、そもそも貞之進に罪はない。

家へ入るつもりが、結寿は来た道を引き返すことになった。どこという当てもないので、二人は狸穴坂を上る。

「それがしは、結寿どのを妻にしたいと願っていました」

坂の途中で唐突に足を止め、貞之進はぼそりと言った。

結寿はふっと息をつく。貞之進の気持ちは薄々勘づいていた。その言葉自体は驚くことではなかったが、貞之進の言い方には屈託があった。

「今は、ちがうのですね」

貞之進は目を逸らす。

「どうぞ、思いのままをおっしゃってください」

「結寿どのは与力の娘、それがしは同心、容易にいかぬことは承知していました。それでも、なんとかご隠居さまを説得して、縁談を進めてもらえぬものかと……」

今日こそ打ち明けよう、明日こそ頼んでみようと思っている矢先に、鈴江の事件が起こった。

「今は鈴江さんをご妻女に、と思っておられるのでしょう」

「……いかにも」

「ひとつ、うかがってもよいかしら。鈴江さんをご妻女に、というお気持ちは、鈴江さんへの憐れみや、事件にかかわった後ろめたさから出たことですか」

結寿は貞之進の目を見つめた。

貞之進も真っ直ぐに見返す。

「いや、ちがう。いや、最初のうちはそうだった。しかし今はちがう。彦太郎どのの相手をしている鈴江どのを遠くから眺めているうちに、気づいたのだ。同情だの責任だの、そんなことではない。自分は鈴江どのを妻にしたい、鈴江どのに惚れているのだと……」

「鈴江さんは悲惨な目にあわれました」

「わかっている。しかし、それがなんだというのか？　悪党の慰み者になったからといって、鈴江どのが汚れたわけではない。鈴江どのは、鈴江どのなのだから」

「まァ、うれしい」

結寿はようやく笑顔になった。

「ほんにそのとおりです。そのお言葉、ぜひとも鈴江さんに……」

鈴江は貞之進を慕っていた。貞之進が自分を想っていると知ったらどんなに喜ぶか。といっても、そう簡単に事が運ぶとは思っていない。

案の定、貞之進は眉を曇らせた。

「鈴江どのは逢《お》うてさえくれぬ」

貞之進が来ているときは一歩も部屋から出ない。兄の求馬に話をする機会を作ってもらおうとしたが、ことごとく失敗したという。

「鈴江さんは尼になられると……」

「尼にッ」

「彦太郎どのが来てからはお顔が明るくなりました。出家の話も中断しています。もしや、とは思いますが……」

二人は顔を見合わせた。

「どうか、結寿どのから鈴江どのに話してください」

貞之進が思い詰めた顔で結寿を待っていたのは、鈴江への取りなしを頼むためだった。

「むろん、できるかぎりのことはいたします。でも、どうしたら鈴江さんのお心を開くことができるのか……」

「このとおり」貞之進は頭を下げた。「だからというわけではないが、なんでも申しつけてください。及ばずながら、それがしも結寿どののために精一杯後押しをいたします」

唐突に言われて、結寿はけげんな顔になる。

「わたくしのために……」

「ご隠居さまを説得する話だ。彦太郎どのの父御はあの町方の、妻木道三郎さまだろう。結寿どのが好いているのはそれがしではない、妻木さまだということは、はじめからわかっていました」

貞之進は苦笑した。

結寿はぽっと頬を染める。

「ご隠居さまは彦太郎どのを可愛がっておられる。きっとうまくゆきますよ」

貞之進は力強く請け合った。道三郎とのことは、鈴江と貞之進の縁談以上に難問である。貞之進の励ましはなによりうれしい。

組屋敷へ帰るという貞之進と別れ、結寿は思案に暮れながらひとり坂を下った。

三

思ったとおりだった。彦太郎のお陰で鈴江は生きる気力を取り戻した。だからといって、心の傷が癒えたわけではない。

「お逢いしとうありませぬ」

貞之進の名前を出しただけで、鈴江は首を横に振った。

「でも、貞之進さまはあなたのことを……」

「憐れみなどまっぴらです」

「憐れみではありませぬ。貞之進さまは心から……」

「結寿さま。結寿さまはおわかりにならぬのです。あんな目にあったわたくしに、どうして貞之進さまがお逢いになりたがるのですか。まことにさよう仰せなら、それは、ひとことわたくしに謝って、心の重荷を取り除きたいと思っておられるだけのこと……」

なにを言っても無駄だった。鈴江は懸命に貞之進への想いを断ち切ろうとしている。生涯、恋はすまいと思い定めているのだ。

時を待つしかないと、結寿はため息をついた。

待つ……ということなら、結寿の恋も同様である。よほど取り込んでいるのか、彦太郎を預けたきり、道三郎からは音沙汰がない。

「いったい親御はなにをしておるのじゃ」

幸左衛門は事あるたびに、百介に文句を言った。彦太郎を預かるのが不服なのではなく、親に置き去りにされた子供を不憫《ふびん》に思うのだろう。

「なにゆえ倅の顔を見に来ぬのか」

「それはその……ええと……お役目で遠出をしておられるそうで……」

百介はしどろもどろに弁明をしている。彦太郎は百介の知り合いのお武家の子という話になっているからだ。

「せめて文のひとつも書くのが礼儀」

「へい。ごもっともで」

百介には文句を言っても、彦太郎の前では決して言わない。相性がよいのか、物怖《ものお》じしない彦太郎に「お祖父さま、お祖父さま」と慕われて、幸左衛門は頑固な老人とは思えぬほど柔和な顔になっている。

もちろん、彦太郎を気に入っているからといって、天敵のごとき町方同心まで受け入れるとは思えなかった。可愛い孫娘の相手である、子持ちの寡夫などもってのほかと、烈火のごとく怒り狂うのは目に見えている。

「あーあ、いくら待っても……」

春は訪れそうにない。


山桜桃の枝から、ぽつぽつと小さな角のようなものが顔を出した。先端が丸くすぼんでいるのは蕾。この中に淡紅色の花がたたまれているとは信じがたい。

葉が出る前に花が咲くのは勇み足で、春を待ちきれないからだろう。

「姉ちゃん、何ぼんやりしてるのさ」

またもや小源太だった。暖かくなったので、亀の子半纏は用済みである。

「別になにも」

「恋煩いって顔だな」

「なに言ってるの、子供のくせに」

「だって百介兄ちゃんが言ってたよ、お嬢さまは恋煩いだって」

「百介ときたら……。彦太郎どのなら裏庭で素振りの稽古をしてますよ。一緒に教えておもらいなさい」

「やだね、おいらはお武家の子じゃないもの」

「それなら空き地へ行って……」

「ちがうんだってば。姉ちゃんに用事があるんだ」

小源太はにやにやしている。

「いったい、なんなの」

「そこの角で待ってるから呼んで来いって」

「だれが……」

「妻木の旦那」

結寿はあッと声をもらした。

「まったく……なぜそれを先に言わないの」

言ったときにはもう、小走りに路地へ飛び出している。

道三郎は路地の入口にいた。幸左衛門に見つかれば厄介だ。用心深くあたりを見まわしている。

「道三郎さま……」

「おう、結寿どの。すまぬの、かようなところで」

「どうかなさったのですか」

「うむ……」

二人は物陰へ身を寄せた。

「実は、例のご仁がせっついておるそうな」

「彦太郎どのをご養子に、というお話ですね」

「さよう。姉が組屋敷へ乗り込んで来た。で、彦太郎を他家へ預けていることがばれてしもうた。ほれご覧なさいと鬼の首をとったような言いようだ」

「まさか、押し切られて……」

「いや、嘘をついた」

彦太郎の世話をしているのは道三郎が見初めた女で、ゆくゆく夫婦になるつもりだから養子の話は断ってくれと、とっさに取りつくろったのだという。

――彦太郎どのはいずこにおるのですか。

――狸穴だ。

――狸穴……町家ですか。まさか、玄人女《くろうと》に手をつけたのではありますまいね。

——ご安心あれ。女子は武家の娘御にござる。祖父どののご隠宅にて、彦太郎は剣術や学問に励んでおるのだ。

両親が育てるというなら、姉夫婦も、上役の与力の山瀬八右衛門とやらも、彦太郎を取り上げるわけにはいかない。

「それで、姉上さまはご了承なされたのですか」

「さような女子がおるなら、なぜ早《はよ》う引き合わせぬのかと、またも説教だ」

それについては——相手が火盗改の娘なのでいろいろと厄介な問題があり、まだ正式な縁談にはなっていない。ここでよけいな口出しをするとうまくゆくものもゆかなくなるので、今しばらくそっとしておいてほしい。お役目が一段落したら必ず話をつけ、真っ先に挨拶に連れて行く……などなど、道三郎は言葉を尽くして姉をかき口説き、なんとか退散させたという。

「結寿どの。嘘、と言ったが、今は嘘でも、拙者はこの話、まことにするつもりだ」

道三郎は真顔になった。結寿の目を見つめる。

「道三郎さま……」

「必ずまことにしてみせる。が、まずは彦太郎のことだ」

「はい……」

姉は静観すると約束をした。与力も養子縁組をあきらめた。そこまではよかった。ところが数日後に山瀬八右衛門から文がきた。

「一方的な文なのだ。養子の件はあきらめた。が、彦太郎に手渡したいものがある。狸穴のゆすら庵におると聞いたが、近くへ行く用事があるゆえ立ち寄ると……」

「我が家へおいでになられるのですか」

「あきらめたなどと言うておるが、実際はまだ未練があるのだろう。拙者の話がまことか偽りか、その目でたしかめようというのだ」

道三郎が飛んで来たわけがわかった。幸左衛門と山瀬八右衛門が鉢合わせをしたら、嘘がばれるだけでは済まない。天地がひっくり返るような騒ぎになる。

「いついらっしゃるのですか」

「明日」

「明日ッ」

「どうしたものか……」

道三郎は苦渋に満ちた顔である。

「弓削田宗仙先生に頼んで、お祖父さまを連れ出していただきましょう」

「出かけてくだされればよいが……」

「大丈夫、先生と百介が二人でかかれば必ず」

幸左衛門さえいなければ、あとは道三郎と結寿が仲睦《なかむつ》まじく彦太郎の世話を焼く姿を見せればよい。

「恩に着る」

「水くさいことを……」言いかけたところで、結寿は名案を思いついた。「道三郎さま、ちょうどよい機会です。このお芝居、役者を入れ替えてはいけませぬか」

「どういうことだ」

「わたくしの役を鈴江さんに譲りとうございます。他ならぬ彦太郎どののためですもの、きっとやり遂げてくださいますよ」

道三郎は困惑顔になった。

「つまり、拙者と鈴江どのが許嫁《いいなずけ》の役をするのか」

「さようです。なれど道三郎さまはご多忙の身、急な御用ができぬともかぎりませぬ」

結寿が微笑むのを見て、道三郎も破顔した。

「そうか。こっちも代役を立てねばならぬの。代役は言わずと知れた……」

二人は同時に同じ名前を口にする。

「いざとなると、鈴江さんは度胸が据わります」

先だっての事件の際、結寿の危難を救ったのは鈴江だった。

「さよう、客人や彦太郎の前で取り乱すわけにもゆくまい。二人で力を合わせて与力どのを追い返せば……」

「ええ。鈴江さんのわだかまりも消えましょう」

こんな好機はめったになかった。が、ひとつまちがえば大騒動になる。

「百介に話して、すぐにも宗仙先生の家へ行ってもらいます」

「拙者は奥津どのに話しておく」

「鈴江さんにはわたくしが……。ご安心ください。彦太郎どのにもきちんとお話ししておきます」

手筈を打ち合わせ、結寿はあわただしく家へ戻った。

四

「困ったことになりました」

結寿は鈴江に事の次第を説明した。

道三郎は命の恩人である。彦太郎は今や実の弟のようなもの。父子の一大事とあれば、鈴江も他人事《ひとごと》ではいられない。

「ご心配なく。妻木さまの許嫁のふりをすればよろしいのでしょう。わたくし、結寿さまの代わりにそのお役、立派に務めさせていただきます」

「すみません。わたくしが果たすべき役目なのに、なにぶん急な話で……」

「ご実家の御用ですもの、いたしかたありませぬ。あとのことはわたくしに任せて、どうぞ、心おきなくいらしてください」

竜土町の実家から呼ばれていると、結寿は鈴江に嘘をついた。

一方、彦太郎も呑み込みが早かった。

「なにがあっても余計なことは言わず、鈴江さまの言うことにただうなずき、武術にも勉学にも励んでおりますと、さよう申せばよろしいのですね」

これは父が自分をそばに置いておくために考えたお芝居なのだと聞かされて、彦太郎は大喜びである。

翌日、幸左衛門は百介を連れて早々と出かけて行った。

朝のうちに道三郎がやって来て、入れ替わりに結寿が出かけて行く。

そろそろ与力が立ち寄る時刻……というところへ、奥津貞之進がふらりと現れた。

「あいにく、ご隠居も結寿どのもご不在での……」

「では出直して参りましょう」

道三郎と貞之進が玄関で立ち話をしていると、下っ引が息せき切って駆けて来た。

「旦那。親分が至急ご足労願いてェとッ」

捕り物と聞いて、道三郎は血相を変える。

「奥津どの。頼む、拙者の代わりに」

道三郎は貞之進に強引に代役を頼み込み、下っ引と一緒に飛び出して行った。

すべては手筈どおりである。隠宅に残ったのは鈴江、彦太郎、そして貞之進の三人、となれば、鈴江と貞之進は力を合わせて事に当たらざるを得ない。

いくらも経たないうちに山瀬八右衛門一行がやって来た。天を衝《つ》くような郎党を道案内役に、四角い風呂敷包みを掲げ持った小者を引き連れている。包みは彦太郎への進物か。形からして書物のようだ。

一行は路地を抜け、木戸をくぐり、山桜桃の大木の脇を通って、溝口幸左衛門の隠宅の玄関へ消えた。


「静かですね。大丈夫でしょうか」

結寿は隠宅を見ながらささやいた。

「大事あるまい……とは思うが、これではまるでわからぬ」

道三郎も眸《ひとみ》をこらしている。

二人は、母屋と離れの間の木立の陰に身をひそめていた。

客間の障子は開け放してある。本来なら中の様子が見えるはずだ。が、どうしたことか、郎党の岩のような背中が縁側にでんと居座っていた。話し声も聞き取れない。今のところ諍《いさか》いもなく、事は穏やかに進行しているようだったが……。

「もそっと近くへ行ってみよう」

「気づかれたらぶちこわしです」

「しかしこれではじれったくてかなわぬ」

「辛抱しましょう」

小声で言い合っていたときだ。足音が聞こえた。

「あッ」

同時に声をもらしたのは、不測の事態に動転したためである。足音の主は小源太。母屋の勝手口から出て来た小童は、はずむような足取りで離れへ向かおうとしている。

小源太が顔を出したらどうなるか。

「まずいッ」

言うなり、道三郎は飛び出した。説明している暇はなかった。やむなく襲いかかり、口をふさいで木立の陰へ引きずり込む。

物音に郎党が振り向いた。野良猫とでも思ったか、幸い一瞥《いちべつ》しただけで元の体勢に戻った。結寿と道三郎は顔を見合わせる。

あっけにとられて目を白黒させている小源太の耳に、結寿は唇を寄せた。

「小源太ちゃん、これには事情があるのです。彦太郎どのの……そう、彦太郎どののお父上が今、離れにいらしておられるのです。お父上はとてつもなくおえらいお方で、下々の者は拝顔できませぬ。親子水入らずのご対面ですから小源太ちゃんも……いいですね、母屋へお戻りなさい」

結寿がよくよく言い聞かせるのを待って、道三郎は手を放した。

「とてつもなくおえらいお方って……」

「しッ」

「だからさ、その……」

「ええと、お大名……そうお大名です。いいから、ね、母屋へ」

言ったところで、またもや人の気配がした。今度は庭ではなく路地である。それも一人ではない。もつれるような足音ばかりか言い争う人声も……。

結寿は凍りついた。道三郎も茫然としている。

「ご隠居さま、ご隠居さま……」

「うるさいッ。我が家へ帰るのだ、なにがわるい」

「宗仙先生がもう一勝負いかがかと……」

「ふん。あの勝負はわしの勝ちじゃった。宗仙め、汚い手を使いおって」

「ですから引き返してもう一番……」

「もうたくさんだ。じゃまだ。どけッ」

幸左衛門は宗仙と碁を打っていたらしい。幸左衛門は何事も他人に遅れをとるのが大嫌いだ。勝てば機嫌がいいが、負ければ子供のようにへそを曲げる。

なにもこんなときに勝負をしなくても——。

恨めしかった。が、文句を言ったところで後の祭りである。二人はもう門前まで来ていた。幸左衛門が家へ入れば、どのような騒ぎになるか。

「ああ、どうしましょう」

結寿は呻《うめ》いた。

為すすべがないのか、道三郎も棒立ちになっている。

と、そのとき、小源太がぱっと顔を上げた。

「よしッ。おいらが話してやらァ」

言うが早いか庭を突っ切り、玄関へ向かう。いったいなにを話すつもりか。小源太の出現で、事態はますます混迷するにちがいない。

「こうなった上はやむをえまい。出て行って釈明するしかないの」

道三郎は冷や汗を拭った。

同意しようとしたとき、結寿の目が山桜桃の大木をとらえた。つい数日前まで冬枯れの古木に見えたのに、淡紅色の花が鈴なりに咲いている。まるで、一瞬にして春がやって来たようだ。

そう。一瞬先に、なにが起こるか——。

結寿は道三郎の腕に手をかけた。

「もう少し待ちましょう。出て行けばなにもかも水の泡です」

「どのみちもうお終いだぞ」

「そうかもしれませぬ。でも……そうではないかもしれませぬ」

「結寿どの……」

「どうなるか見届けましょう。釈明するのは、それからでも遅くはありませぬよ」

五

襖を開け放した隠宅の居間から、談笑が聞こえている。

「まァ、お祖父さまのお顔、わたくしも見とうございました」

幸左衛門のうろたえた顔を思い浮かべて、結寿は声を立てて笑った。

某藩の大名がお忍びで我が子の彦太郎に会いに来ていると、幸左衛門は信じた。聡明で凜々しく、しかも礼儀正しい彦太郎をもとより良家の息子と思い込んでいたせいもあったが、なにより小源太の迫真の演技に騙されたのである。いや、小源太は演技をしたわけではない。小源太自身が客人は大名だと信じ込んでいたのだから。

「小童のくせに、玄関に立ちはだかって一歩も退かぬ構えでした。ここはわしの家じゃ、我が家へ入ってなにがわるいとご隠居さまは押しのけようとなさいましたが、地べたに座り込んで動こうといたしません」

百介はその場の様子を身振り手振りで再現した。

——お大名のお子というはまことか。

幸左衛門は百介に視線を移した。

——は、はァ。ま、そんなとこで……。

——そうならそうと、なぜ早う言わぬ。

——へい。その……これにはいろいろと子細が……。

玄関の騒ぎは座敷へも聞こえていた。鈴江と貞之進が青くなったのは言うまでもない。二人は目で忙しく話し合う。

「祖父は町方嫌い、それで縁談が滞っているのだと打ち明け、ここは波風を立てぬよう、速やかにお引き取りくださいませと山瀬さまに頭を下げました。わたくしと彦太郎どのとで、あわただしく山瀬さまを玄関へ送り出したのです」

鈴江があとをつづけた。

「へい。あれこれ言っていると、お客人が出て来られました。大兵《たいひょう》のご郎党に皆、ぽかんと口を開けてみとれているうちにお客人は出て行かれ……」

「ご隠居さまは深々と辞儀をなさいました。それから急に夢から醒めたように……とはいえ遠慮がちにお声をかけられました。するとお客人はおもむろに振り向かれて……」

「御孫娘のお命を救うたは妻木道三郎どのだと聞いた、妻木どのをゆめゆめ粗略に扱うことのなきよう……と、言い残して去って行かれたのでございます」

「突然、妻木さまのお名前が出たので、ご隠居さまは何がなにやらわからず目を瞬いておられました。それでも、ははァ、と慇懃《いんぎん》に……」

鈴江は思い出し笑いをする。その表情は、ここ数カ月の鈴江とは別人のように明るかった。貞之進とのひとときが、鈴江の心のわだかまりを消し去ったのだろう。

——すぐに、とはいかぬやもしれぬが、打ち解けてくれる日がきっと来るはず。そのときは夫婦になるつもりです。

貞之進は結寿に言った。その貞之進の言葉に報いるつもりか、鈴江は明後日、家へ戻ることになっている。

——いつまでも身をひそめてはいられませぬ。結寿さま。わたくしも、結寿さまのように強く生きとうございます。

鈴江に言われ、結寿のほうがどぎまぎした。

わたくしは強くなどありませぬよ——。

胸の内で言い返している。鈴江は体も心もぼろぼろにされながら、過去を捨てて生まれ変わろうとしていた。

でも、わたくしは……。

裏庭で幸左衛門の怒声が聞こえている。捕り方指南をしているのだ。貞之進も求馬も、彦太郎も稽古に加わっているはずだった。

「おまえは行かなくてよいのですか」

結寿は百介に目を向けた。

百介は首をすくめる。元幇間は、武術の稽古より女たちとのおしゃべりが性にあっているようだ。腰を上げるつもりはないらしい。

「あっしの代わりにお嬢さま、おいでください」

「わたくしが行ってもしかたないでしょう」

「でも結寿さま、たまにはご覧になってさしあげてはいかがですか」

どうしたことか、鈴江まで百介の加勢をした。

「彦太郎どのはずいぶん上達されましたよ」

二人が目くばせをするのを見て、結寿は首をかしげる。

「そういえば、このところお祖父さまのお稽古を見ていませぬ……」

「そうでしょう、さ、早う」

「さァさァさァ……お嬢さまのお顔を見れば、男どもも大はりきりってなもんで」

追い立てられて、結寿は裏庭へ出て行った。

総勢十人近くいようか。指南役の幸左衛門を囲んで、男たちが円陣をつくっている。

一同が息を呑んで見守る中、幸左衛門は大柄な男と組み合っていた。

一見、柔術のように見える。が、片手に縄を持ち、もう一方の手で互いに相手の手首をつかんでいるのは、どちらが早く縄をかけるか、捕り縄の技を競っているらしい。

「まあ……」

結寿は目をみはった。

組み合っているのは道三郎ではないか。

どうして、ここに――。

わけがわからぬまま、思わず身を乗り出している。

「道三郎さまッ。負けてはなりませぬよ」

「おう、結寿どのか」

道三郎は結寿を見た。笑顔になる。

互角だったはずが、たちどころに決着がついた。幸左衛門の縄が手妻《てづま》のような速さで道三郎の体を締め上げている。

「余所見《よそみ》をするとこういうことになる。よいか、皆、心せよ」

幸左衛門は大満足の体《てい》で言い放った。

一同はどっと沸く。

「妻木道三郎。そのほう、彦太郎の父親でありながら我らを謀《たばか》り、あたかも倅が大名の落《お》とし胤《だね》であるかのような芝居を打った罪は大きい。本来なら打ち首獄門であるところだが、ここにおる奥津貞之進と早川求馬の嘆願をいれ、罪一等を減ずる……」

幸左衛門はここでちらりと孫娘を見た。

「これよりは稽古に通い、捕り方の技を磨くべし。おぬしは今日からわしの末弟じゃ」

おうッと、そこここから歓声があがる。

「こいつァまことにおめでとさんで……」

歌うような歓声は、いつのまにやって来たのか、百介だ。

「そんなことより縄を解いてくれ。痛くてたまらぬ」

道三郎はわめいた。

「いや、しばらく生き晒しじゃ。これも修業の内、皆の者も解いてはならぬぞ」

弟子を従え、道三郎を置き去りにして、幸左衛門は意気揚々と家の中へ引き揚げて行く。

「お祖父さまったら……」

幸左衛門と弟子の一団を見送り、苦痛に呻く道三郎に視線を戻して、結寿はやれやれと微苦笑を浮かべた。

狸穴坂を上りきったところで、二人は足を止めた。

申し合わせたように体の向きを変える。

坂の上から眺める麻布の町々は、空色の箱の中に投げ込まれた玩具のように見えた。高いところ低いところ、きらめくところ暗いところ、広々とした屋敷にごみごみとした町家、こんもりした雑木林と鈍い光を放つ寺社の甍《いらか》、緑の馬場、青々とした掘割、ぽつぽつと黒胡麻《くろごま》のような人の頭……そして、その合間を長短の坂がくねっている。くらやみ坂、芋洗坂、長坂、鳥居坂、狸坂、簞笥《たんす》坂、榎坂……。

狸穴坂を下った先、麻布十番の通りへ入る手前に、ひときわ見事な山桜桃の大木が見えた。淡紅色の花の雲は、もちろん、ゆすら庵の大木である。

「お祖父さまはなにもかもご存じだったのですね」

結寿は下界から傍らの男に目を戻した。

道三郎も結寿の目を見つめる。

「先だっての事件の顚末《てんまつ》を、奥津どのと鈴江どのから聞かされたそうだ。組屋敷へおいでくださり、礼を仰せになられた。結寿どのを破落戸《ごろつき》から救い出したは大手柄、約束どおり弟子にしてやらずばなるまいと……」

「相変わらず横柄な言いようですこと。いじめる相手ができて、案外、お祖父さまは喜んでおられるやもしれませぬ」

道三郎の手首には、まだ縄の跡がついていた。

「恩人をあのような目にあわせるなんてなんということでしょう」

結寿はそっと手首に触れた。その手を道三郎の手がとらえる。

「たとえ打ち首獄門になろうとも……せっかくもろうた機会だ、ご隠居が音を上げるまで通うてみせるぞ」

大仰な物言いがおかしくて、結寿は忍び笑いをもらした。

「では、早う腕を磨いて、お祖父さまを打ち負かしてくださいまし」

「負かしてやるとも。褒美に結寿どのをもらうまでは、断じて引き下がらぬ覚悟よ」

「道三郎さま……」

二人は手を握り合ったまま、今一度、足下の景色を眺めた。

「この坂で、はじめて出会うたのはそう、昨年の正月でした」

「拙者はムジナを探していた」

「なんと風変わりなお人かと思いました」

ススキをかき分けてのそりと現れた男の顔を、結寿は思い出している。精悍な、でも少し茫洋とした……おおらかな顔だ。

昔は狐も狸もムジナもいた。この坂には、柔和な目をした人が似合う。

「坂のどこかに、きっと、ムジナの棲処《すみか》があるような気がします」

芳しい春風が流れ、無数の小動物が笑いさざめくように、狸穴坂の草むらがさわさわと音を立てていた。

解　説

青木千恵

江戸の町は、坂が多かった。

鳥居坂、長坂、芋洗坂、南部坂、くらやみ坂――と、坂の「個性」に合わせて、一つひとつに名前がついているところに日本古来の情緒がしのばれる。江戸の中でも坂が多い麻布で生まれ育った本作の主人公、結寿は、急な上り坂などものともしない。物語の冒頭で、勾配のきつい狸穴坂を小者の百介をお供にして上っている。正月、竜土町の実家に年賀に行き、またもや縁談の話になったため、早々に退出して、祖父の溝口幸左衛門と暮らす狸穴の借家に帰ろうとしているのだ。借家の大家は、口入屋の傳蔵一家である。その家は、裏庭に山桜桃《ゆすらうめ》の大木があることから、「ゆすら庵」と呼ばれている。

結寿は、狸穴坂のてっぺんから眺める景色を気に入っている。武家屋敷、家々、寺社の甍《いらか》や雑木林、冬枯れの草原が、陽光を浴びてきらめく景色を目に収めた。いつもならそのまま坂を下りきるのだが、その日、結寿は「風変わりな男」と出会う。

大柄で、浅黒い肌をした、結寿より十ほど年長に見えるその男は、手拭いで頬被りをした変なかっこうをしていた。這いつくばって探し物をしていた男は、急勾配の坂でよろけて、結寿は思わず手を伸ばす。自力で踏みとどまった男の顔によぎっていた翳りが、なぜか結寿の胸に強く残る。

やがて、男の正体が、奉行所の同心、妻木道三郎とわかり、ふたりは距離を縮めていくのだが、結寿は、代々、火付盗賊御改役を務める溝口家の長女。火盗改方と町方は、市中で起きる事件の解決をめぐり、手柄を競い合う仇敵であり、しかも年かさの道三郎にはいろいろな〝しがらみ〟が。添い遂げられる確率がきわめて低い、ロミオとジュリエットのような、困難の多い恋が始まった――。

正月からあくる年の冬の終わりまで、八篇の物語を通して、十七歳だった結寿は、十八歳になってゆく。

江戸時代、女の十八は嫁き遅《い》れになるかならぬかの瀬戸際だ。それこそ〝婚活〟に励まなくてはならないが、結寿は、飄然《ひょうぜん》として大らかで、一緒にいるだけで胸に温かなものが満ちてくる道三郎に惹かれた。今と同様、結婚は女子の一生の大事である。道三郎よりずっと若い、火盗改方同心の奥津貞之進に熱いまなざしを向けられ、継母の絹代から縁談を持ち込まれ、どう考えても貞之進らのほうが条件がいいのだが、結寿は内心で小さな決断を重ねて、道三郎への想いを深めていく。〈恋する女は後先が見えなくなる〉ものだ。道三郎を慕い続けることが正解か、愚かなことか、先は分からない。冷酷無比な裁きの火盗改より先に罪人を捕らえ、温情のある裁きをしてやりたいと駆け回る道三郎とともに、結寿は、江戸市中で起きるさまざまな事件に遭遇していく。

一篇目の「ムジナのしっぽ」では、夜道などですれ違いざまに金品を奪う〝ムジナ〟の謎を解決する。二篇目の「涙雨」は、旗本屋敷から誘拐された赤ん坊を捜すなか、子を想う母の哀しみを知る物語だ。短冊をすり替えた表具師を追い、夫婦のありようを垣間見る「割れ鍋のふた」、武家娘と植木屋の心中事件の真相を探る「ぐずり心中」、絵師・俳諧師の弓削田宗仙が老いらくの恋をする「遠花火」、子どもたちの葛藤を描いた「ミミズかオケラか」、貞之進を慕う鈴江が、かどわかしの悲劇に遭遇してしまう「恋心」。

最終話の「春の兆し」は、七篇を通して紡ぎだされた人間模様が、いったんの大団円を迎えるストーリーだ。切ったはったの事件はないが、結寿と道三郎にとっては一大事件が起きていて、その顚末《てんまつ》が微笑ましい。この『狸穴あいあい坂』シリーズは、結寿と道三郎の恋の行方を描きながら、「犯科帳」の醍醐味もたっぷり盛り込まれている。

江戸の恋はもどかしい。ひょんなことで知り合ったものの、私生活も性格もまだよく知らない道三郎から、〈結寿どのに逢えた、それだけで駄賃をもらったようなものだ〉

と言われて、通り一遍の好意なのか、それとももう少し違うなにかなのか、結寿がうろたえているあたり、女心をさらっと描いて、さすが諸田玲子さんである。

また、数々の事件を通し、天運・宿命、他人にわかりようのない親子の縁、いじめや行き場をなくした老人の刹那的な暴走など、現代に通じることが描かれている。〈あっしも親に棄てられたクチだから言うんですがね〉と、ひょうきんな元幇間《もとほうかん》で、場を和ませるのに長けた百介が初めて生い立ちを洩らしたり、〈ま、いくつになっても、人を好きになる心は失せぬもの〉と、老いらくの恋に落ちた宗仙が笑ったり、それぞれが人生を生きている。骨の髄から火盗改で、孫娘の結寿と道三郎の接近を土台から受けつけない幸左衛門も、案外かっこよく、ちょっと笑える老人だ。おっかない幸左衛門を「爺《じっ》つぁま」呼ばわりする八歳の小源太の、怖い者知らずの腕白っぷり。人間模様がすごく魅力的で、読んでいて楽しくて仕方がない。老若男女、広い読者が共感するシリーズだろう。不幸にも、心身に深い傷を負ってしまう人物がいる。わずか十歳で生を断ち切られる子供がいる——。悲喜こもごもを見つめながら、結寿は少しずつ成長していく。

結寿は、気丈だが押し出しは強くない。寒くなると〈百介にぶ厚い綿入れを持たせればよかった〉と考えたり、絶望して嗚咽《おえつ》をもらす老人の体を夜具でくるんでやる。彼女は何より、「思いやり」にあふれた女性である。

〈狐狸やムジナは退散しても、狐狸やムジナのような人々が棲む町だ。それはちょっと怖くて、ちょっと哀しくて、けれど、だからこそ愛しい町々でもあった〉

結寿は、人間が生きていること、そのものを肯定しているのだ。大勢が一緒にごちゃっと棲んでいる町を愛している。だから、狸穴坂のてっぺんから見える、誰にも均等に陽光が降りそそぎ、いつも洗い立てのようにきらきらと輝いている景色が好きなのだ。

〈ほんの一瞬の、ちょっとした出来事が人の生き死にを左右するのですね。恐ろしいような気がします〉（涙雨）

〈紫陽花は植える土によって花の色が変わるのだそうですよ。夫婦も似ていますすね〉（割れ鍋のふた）

〈耳障りな声だと言って踏みつぶされても、ミミズは文句を言えませぬ。だってほら、声がないのですもの。かわいそうに、犯人でもないのに〉（ミミズかオケラか）。

一篇一篇、出来事を通して結寿が口にする言葉は、胸にしみるものである。

今、時代小説は気鋭の作家が続々と登場してとても活気がある。私は、時代小説をテーマに、書き手である諸田玲子さんと、逢坂剛さんとの座談会を企て、拝聴する機会を得た（『有鄰』２００７年1月号「時代小説、私のこだわり」）。小さい頃から海外ミステリーや日本の女流作家の本を愛読していた諸田さんは、体力があるうちにと時代物の勉強を始めたという。そしてこう仰《おつしや》っていた。
《どの時代でも人間は変わらないと思う。同じようなことをして生きていて、たかが人間がすることですからと思うのね。今はいじめが問題になったり、親が子を捨てたりとかがあるけれども、すべてのことがいつの時代にもあった。子を捨てる親は江戸時代にもいたし、犯罪もあった。かと思うと、いいこともいっぱいあった。(略)今も昔も人間は同じなんだと思うとなぐさめられるし、そこから少しずつ良い方へ持ってゆけるのではないかなと感じます。だから今は時代小説を書いてよかったとすごく思っています》
どの時代でも、人間は変わらない。ただし、江戸時代にあって、現代社会で失われたものもある。
《これだけはしてはいけないというようなこだわりが、今は取り払われてしまったような気がします。(略)何をしてもいいみたいな感じですものね。(略)いじめはあったと思うんだけど、それに対する対処の仕方というのがね》
その通りだと思う。今、親族間殺人や、いじめ、自殺のニュースを私たちは日常的に目にしているが、「強さ」とは、本来どういうことだろう。弱いから、闇の淵に足をとられて、他者を傷つけてしまうのだ。逆に、強くて、心に余裕があるからこそ、他人を思いやれる。また万が一、不幸な出来事に遭遇して心身に傷を負っても、芯の部分は傷つかない。それが本当の強さのはずだ。

江戸時代にあって今は失われたもの、改めて守り伝えていきたいものが、本作には書かれている。江戸時代は、そんなに仰々《ぎょうぎょう》しい時代ではなかった。俳諧などいろんな集まりがあり、たとえば花火を、武士も町人も一緒になって楽しんでいた。著者の筆の力によって、写生のように生き生きと描かれた江戸の町に読者はすーっと入り込み、こんな女が、こんな男が、無邪気で明るい人々が、和気藹々《わきあいあい》と適度な距離感で生きていた世界を堪能できるだろう。


冒頭、狸穴坂からの景色をひとり楽しんでいた結寿だが、終わりでは……。

そして、朗報が！　『小説すばる』２０１０年9月号から、本作の続篇である『狸穴あいあい坂』シリーズが再開されている。結寿の恋の行方、登場人物の知られざる過去、もっともっと知りたいところである。

とても素敵なシリーズだ。結寿を主人公に織りなされる人間模様を読んでいると、ほっとする。家で繰り返しゆっくり読むのも良いが、通勤電車での読書にもオススメだ。

この作品は二〇〇七年八月、集英社より刊行されました。

集英社文庫

狸穴《まみあな》あいあい坂《ざか》

2010年9月25日　第1刷
2023年3月13日　第5刷

定価はカバーに表示してあります。

著　者　諸田玲子《もろたれいこ》

発行者　樋口尚也

発行所　株式会社　集英社
東京都千代田区一ツ橋2-5-10　〒101-8050
電話　【編集部】03-3230-6095
【読者係】03-3230-6080
【販売部】03-3230-6393（書店専用）

印　刷　凸版印刷株式会社

製　本　凸版印刷株式会社

フォーマットデザイン　アリヤマデザインストア　　マークデザイン　居山浩二

ISBN978-4-08-746613-3 C0193